中国多民族文学丛书／第四辑

缓慢老去的冬天

花盛／著

作家出版社

花盛　藏族，甘肃甘南人。作品散见《诗刊》《民族文学》《青年文学》《诗选刊》《星星》《青年作家》《美文》等刊，入选多种选本。曾获全国十佳散文诗人奖、甘肃省少数民族文学奖、中国散文诗天马奖、甘肃黄河文学奖等多个奖项，入围2015华文青年诗人奖。著有诗集《低处的春天》《党家磨3号》，散文诗集《六个人的青藏》（合著）等。系甘肃省作家协会会员、甘肃省文艺评论家协会会员、鲁迅文学院第17期少数民族文学创作培训班学员。

作者近照

目 录

第一辑　草原行吟

第二辑　用诗抒情

第三辑　为你而歌

第四辑　缓慢行走

第五辑　时光深处

第一辑 草原行吟

如果雪花不是最寒冷的花瓣或泪滴，
我将再次为你能够活着而深感幸福。
如果北风不是最严肃的啜泣或呼唤，
我将再次为你写下温暖的诗行。

像一朵忧伤的花

在北方，冬天的冷是真实的，透骨的。
所有梦想都显得太渺茫虚幻了。
但雪是真实的，就在眼前飘动，就落在你的身上和手心里。
那种瞬间的融化是迷乱的、迅速的，也是疼痛的、无助的。
天空依然一片苍茫，风依然呼啸着，像一部电影的某个场景。
而这场景中有像雪片般在渐渐飘远的背影，那么缥缈。
但这曾经真实的场景和背影，终将在你我的视野中消失。
而甘南上空逆风飞翔的雄鹰不会消失。
像一朵忧伤的花，绽放在草原之上，绽放在我的内心深处。
图腾着生命的另一种姿态。

原载《散文诗》上半月刊 2011 年第 12 期，
入选《2011 中国年度散文诗》

雪域之上

雪域，生活一样广阔，天空一样辽远。

尽管有着无边的苍茫，有着辽阔的忧伤，但却坚硬在一个人的内心深处。

那些冰凉的晶莹在生活的暗处开出一朵朵的花。

宛如一份纯净的思念，透明、柔软、热烈、易碎。

远行的背影，渐渐缩小，似一粒尘埃消失在无边的雪域。

大地依然在白着，白得孤单，白得寂寥，白得无眠。

我们在这隐忍而空旷的白里怀念、沉吟、存活，根植渺小的希望。

雪域之上，那匹奔跑的马，忍受着生活的阻力和内心的疼痛，点亮目光，点亮远行的道路。

雪域之上，驻足与远行，奔跑与守望都将是一种生命的飞翔。

当深情而悠远牧歌如雪，在心灵的疆域飘飘洒洒时，是苍凉的，也是幸福的。

当雪域和马一同抵达心中时，雪的光芒照耀着天空和大地，也照耀着一个人的内心和黑夜。

原载《散文诗》上半月刊 2011 年第 12 期，
入选《2011 中国年度散文诗》

青藏的春天

青藏的春天，是一份沉重的爱。

在空荡荡的草原上移动——

像羊群的飘动，她们眼前是一点点延伸开来的绿。

在此期间，父亲开始翻动泥土，播撒青稞和燕麦。

这么多年了，他一直在青藏的春天里，早出晚归，播撒着爱和幸福的梦想。

像一缕桑烟，依然在风雨中飘摇着，存在着。

萦绕在灵魂深处，照亮我远行的道路和家的方向。

尽管青藏的春天是缓慢的，如一场沉睡的梦。

但在梦想与现实之间，却是那么真切，触手可及。

此刻，沿着着那些羊群的足迹，我看到温暖和爱正在——

落地生根，开花结果。

原载《散文诗世界》2013 年第 8 期

经过草原

穿越而过。广袤的草原被一分为二——

前面是道路和梦想，后面是脚印和回忆。

远处，隐约可见的群山，勾勒着草原的高度。

近处，马匹践踏的草地，在隐痛中再现生命的张力。

而我们终究是渺小的，一如草丛间细碎的花儿，在季节的轮回里花开花落，兴荣枯衰。

湖泊在明净中荡漾，鹰隼在天空中绽放。

风过处，青草的气息抚慰着谁渐行渐远的背影，弯曲在草原和生活深处。

而一场雨的抵达是迷乱而落寞的——

逼近远行的道路和低垂的暮色。

原载《散文诗世界》2013年第8期，

入选《中国散文诗（2013卷）》

那时，我将是幸福的

天终于晴了。蓝得耀眼，蓝得眩晕。

但风却更为凛冽了，冰凉，锋利，刺骨。

面对这样无际的蓝，我总会想起一只雄鹰翱翔的壮阔和豪迈。

那是充满挑战的生命和道路，一个坚韧的生命划过天空，像一个人的一生那么短暂，但却富有传奇……

面对这样无尽的风，我似乎觉得自己就是那西风中一匹瘦小的马。

一不小心，会被风吹远，吹到荒凉的阳关、荒凉的沙漠，之后被沙漠淹没……

那时，我将是幸福的——

沙漠用宽阔的胸襟接纳着我们这些来自不同方向的人，为每个人掩饰着人世的痛苦，一直到掩饰了灵魂和呼吸。

那时，我将是幸福的——

所有尘世的悲欢离合喜怒哀乐都将像沙子一样，被风吹散，只留下虚无。

那时你会听见一个微弱的声音，渐渐临近——

“今日去，愿为春来归……”

原载《散文诗》上半月刊2011年第12期

海　子

如一滴泪水，在眼眸深处，晶莹，晃动——
映出你全部的守望和思念……
但我确信你是幸福的，那些萦绕在你身边的恋人和牛羊是幸福的。
她们的牧歌悠远、深情而迷醉，为你妩媚，为你缤纷。
她们的幸福和你一样，有着苏鲁花的芳香和金色的容颜。
而我终将擦肩而过，不流露一丝心灵的爱恋和孤独。
只在灵魂的疆域，为你写下——
那些空旷的湛蓝和云朵的洁白。

原载《散文诗世界》2013 年第 8 期

有风的日子

有风的日子，树木比青草更加骚动。

那些沙沙作响的声音，传递着她们内心的语言。

青草的高处是树木，树木的高处是天空。

逆风行走，我们像一只小鸟，羽翼艰涩。

但却在风中诞生比草地更葱郁和比天空更辽远的想象。

我始终相信，飞翔是生命最真实最灿烂的绽放。

一次，两次，三次……

无数次的挣扎与翕动，追加着生命的坚强和力量。

如果雨滋润了生命的旺盛和贫瘠的思想，风则锻造了生命的坚韧和脊梁。

一如风雨中的鹰隼，在义无反顾中，再现精神的永恒和光芒。

原载《散文诗世界》2013年第8期，

入选《中国散文诗（2013卷）》

守 望

在这个贫瘠的村庄，我感受着提前抵达的冬天。

草木在经历了兴荣枯衰之后，显得那么苍老，那么沉重。

像这个村庄一样，多年了，依然在经受着冬天的雪粒、严寒和苍白。

夜晚是空洞的，言说与表达是空洞的。

唯有那一丝微弱的灯光是真实的，温暖的。

孤寂的背影，在渐渐放大，最后连同夜色一起融为无边的虚空。

此刻，寒冷占据着季节、村庄和狭小的空间。

看不到远方，看不到草木站立的身躯。

只听到风声，像一条决堤的大河，漫过田畴和村庄，漫过夜晚和无眠。

之后，涤荡着一颗灵魂和那些远逝的日子。

唯有那一盏灯，像我的守望一样——

亮在这个冬天，亮在村庄狭小的空间，亮在心底。

——明亮。真实。温暖……

原载《散文诗》上半月刊 2011 年第 12 期

低处

暮色。炊烟和疲惫的身影。

一盏酥油灯的光影里，照亮小小梦想和幸福的笑靥。

夜色寂静。逐渐清晰的影子，投下存活的真实。

小小的空间里没有世俗的聒噪和纷争，只有简单的爱。

像帐篷外绽放的野花，在月色下紧紧相依，不离不弃，抵御着夜晚的寒霜。

归圈的羊群，偶尔一声长长的咩叫，划破寂然的夜空。

像一道看不见的伤痕，留在生活的暗处——

坚韧而隐痛。

原载《散文诗世界》2013 年第 8 期，

入选《中国散文诗（2013 卷）》

雪落大地

雪落大地。如一个被证实的预言，在意料之中。

而未曾预料到的是提前抵达的寒意和那个被车撞飞的女孩。

多年了，我们在各自的道路上徘徊、沉思、凝望、奔波。

不为改变命运，只为一个小小的梦想和追求。

不为富丽堂皇，只为一份简单的宁静和幸福。

而这些，如雪花轻轻地落下，瞬间消亡。

一切都是那么渺小，那么微不足道。

我不知道那些和我一样渺小的小草，是否能够梦见来年的春天。

更不知道那些和我一样漂泊的蒲公英，是否能够像云雀一样，去见证湛蓝的天空和轻盈的云朵。

雪落大地——

当雪停下来时，是否能够还我们一片洁白？

原载《散文诗》上半月刊 2011 年第 12 期

北风呼啸

北风呼啸。鹰影瞬间滑过雪地。

那么快，来不及看清楚，像生活中的某些细节。

雪地上斑驳的痕迹，一如岁月在额头留下的皱纹，清晰可见。

村庄里，那个老人安静地睡去，安静地离开尘世。

在离开与存在的夹缝，我们呼吸、做梦，并写下内心的喟叹和感受。

生活依旧离梦越来越远，时间依旧在加速奔跑。

如果雪花不是最寒冷的花瓣或泪滴，我将再次为你能够活着而深感幸福。

如果北风不是最严肃的啜泣或呼唤，我将再次为你写下温暖的诗行。

此刻，谁的背影如此飘忽不定，像一滴含在眼中的泪水？

逝者如斯夫。留下我在这个村庄，孤零零地守望——

一边经历着呼啸的北风，一边计算着缓慢老去的冬天。

原载《散文诗》上半月刊 2011 年第 12 期

雪

打开一扇半掩的门，山野一片冷寂。

拭去眼中久违的泪，大地一片苍茫。

对于雪，我追忆一个浪子疼痛的心灵。或许，疼痛源于一切对雪的眷恋和雪的远方一座古老而温暖的家；或许，疼痛源于一段纯洁的爱情和河的尽头一盏泣血而歌的灯。

对于雪，我怀念一枚叶子驰骋苍穹的声音。诞生于泥土的孩子，抗拒着死亡的声音，是你在为荒芜的心灵和苍凉的世界给予博大的慰藉吗？久违的雪啊——

冻僵的双翅无法逾越河的宽度，而河承载着我虔诚的骨骸和琴声佚散于硕大的雪的内脏深处，如岁月荏苒，穿越一次又一次苦难，一次又一次死亡，留下雪野中我诗歌的坟茔上一个浪子孑然的身影和泪痕深处一盏战栗而永不熄灭的灯。

对于雪，我渴望了很久的雪，久违的雪啊——

雪的山野和大地。雪的天空和河流。雪的爱情……

原载《散文诗》下半月刊 2006 年第 3 期

家在草原

遥遥无期的路途上，独自跋涉。

喧嚣和废墟一同荒芜了我甘涩的梦，生锈的笔在灯光中叹息，似黑狼血色的眼睛埋没亘长的风景线，我在期盼雪莲花的芬芳遮住我颤抖的黑影。

吮吸碧草的乳汁，读着深邃的历史奔向荒漠，我听不见羊群啼哭的声音；日出月落反复交错，我的想象苍白无力；我双手空空，无法安慰北方的天空，唯有把目光缀于苍穹极目四野，守望草原。

草原？灵魂永恒的居所。

温驯的羊群是虔诚的文字，在风中瑟缩如战栗的琴弦；布满刀光剑影的马群在母亲的残脊上流下金色的泪水，滋润我干裂的心。

撕破的信湿透了梦，湿透了路。

家在草原，生锈的笔与草原一同无眠于夜。

原载《散文诗》2000 年第 10 期

风

涉过古朴的城堡，眸子被冬季的风灼伤。

这是一场使我的目光倒伏于泥土的风。

这是一场使我的头颅沉默于雪野的风。

多年以前，和你一起带着粗犷的声音和希望的光芒走过这片大地，为一棵麦子的复活拯救一个农人骨髓里干涸的信念，为一捧黄土孵养一个农人而恪守永恒的诺言。

多年以后，天穹锋利。我如一枚枯黄的叶子，在这片大地孤独而悲怆地演奏一棵麦子对再生的绝望，和一个农人对谎言的悲叹长啸。

一个人在泥土上行走，绝望比失败更残酷。

一个人在雪野中行走，谎言比死亡更可怕。

一个人在风中行走，眸子深处——

一棵麦子和一个农人，在冬季席卷的风中蠕动为一个诗人凄美的风景。

原载《散文诗》下半月刊 2006 年第 3 期

雪地之下

雪地之下，我听到自己的心跳。

像时间的脚步，慢慢走远。

那些生命融化的声音是空灵的、微小的，却是我们用一生来仰望的高度。

而我们是渺小的，在聒噪的尘世被淹没，没有一丝痕迹。

夜色降临。我们蜷缩在自己狭小的空间，营造小小的幸福和梦想。

像一棵小草，在雪地之下，梦见春天，梦见与春天赴约的狂欢。

怀念渐渐像雪地一样纯净，但亦像雪地一样苍茫。

但我喜欢这苍茫的背后蠕动着的生命姿态——

挣扎。飞翔。燃烧……

之后，芬芳在一个人的心灵疆域和春天的道路。

原载《散文诗》上半月刊 2011 年第 12 期，

入选《2011 中国年度散文诗》

初春时节

初春时节的青藏高原，一尊铜像般裸露着最本真的肌肤——

荒凉而苍茫，广袤而深邃，高大而寂寥……

多年了，在这片粗犷的土地上，我习惯行走，也习惯了驻足和远望。

尽管这样的时节，凛冽的风一再肆意，一再刺骨。

那些不经意间飘落的雪花，一次次为青藏披上厚厚的棉衣。

那时，我们的梦像雪线之下的生灵，萌动着飞翔的美丽。

一行行深深的脚印，在生命的版图上踏出最真实的存在和最本质的色彩。

那些马匹和牛羊，缓慢移动，它们像一个人的忧伤，没有尽头。

当深夜莅临，我似乎听到了你的呼吸和心跳。

而这样的时节，青藏高原是安静的，我和你一样也是安静的。

但心灵醒着，无眠在凛冽里，翕动着梦的翅膀。

原载《山东文学》下半月刊 2014 年第 8 期

三　月

高原的阳光渐渐暖和起来。

院子里杏树和桃树像初恋的女子，露出娇羞的脸蛋。

这些春天的使者，让小院一暖再暖——

让经历了一个漫长冬季的小院逐渐灿烂，逐渐笑出晶莹的泪来。

篱笆站直了腰身，等待生命的又一次缠绵。

那些被阳光投射在泥土上的影子，不断变幻着方向。

远远望去，积雪消融后的山坡上，一群又一群的绵羊缓慢移动，她们的眼前一层浅浅的绿不断延伸，不断铺开梦的色彩……

走出篱笆小院，那块被刚刚播撒种子的土地，松软而平整。

田埂上，一个为丈夫送水的女人，接过丈夫手中的锄头，紧紧握在手中。

像握住了幸福，握住了自己的一生一世。

她的身影，在阳光下荡漾着春天的希望和存活的全部意义。

原载《山东文学》下半月刊2014年第8期，

入选《2014中国年度散文诗》，

《高中生之友》2015年第6期转载

温　暖

遥远的雪山，在阳光下耀眼。

近处草木探头。而我们依然低着头，弯着腰向前爬行。

犁铧翻过的土地，一边是艰辛和汗水，一边是梦想和憧憬。

时间的跫音划过季节的疆域，敲打着生命的真实与脆弱，也敲打着存活的泪笑苦乐与悲欢离合。

一些人在春天莅临时远去，带走夜晚和星辰；一些人留在原地，坚守着岁月剥蚀后孤寂的田畴。

日渐瘦小的背影，晃动在眼角。回眸间，溅起一地的晶莹。

而我早已习惯了一个人的路途，也习惯了一个人坚守那份梦想。

尽管是渺小的，甚至微不足道的，但却能够触手可及。

像春天的阳光，温暖在周身，温暖在心底。

原载《山东文学》下半月刊 2014 年第 8 期，

入选《中国散文诗人（2013 年卷）》

由远而近

我一再写到这些来自天外的雪花。

空灵的跫音，由远而近。

她们曼妙的身影，划过时间的隧道，降落在身旁。

我就坐在一片雪地上，聆听尘世最动人的乐声，舒缓，轻盈，如烟如梦。

一片洁净的土地上，那只雪豹由远而近。

我没有看到她的眼眸里是否暗藏着苍凉，暗含着泪水。

像我在雪地上的出现一样，或许，我的担心本就是多余的。

但你的胸怀是宽广的、温暖的，接纳着我孤单的身影和守望。

雪豹，雪花是你最真实的表达抑或倾诉。

而此刻，大地正在为你铺开一条洁白的地毯。

除了你，还有谁能够拥有如此厚礼？除了你，还有谁能够有此殊荣？

那一行深深浅浅的脚印，由远而近。

留在生活的版图，像一道岁月的痕迹。

原载《散文诗》上半月刊 2011 年第 12 期

低

风刮过山梁的时候，山河在一个人的内心深处晃动着。

愈来愈近的是拥挤的楼群间你我渺小的存在。

视野逐渐缩小，像我们愈来愈渺茫的梦想；记忆逐渐模糊，像那些失去的年月，难以呈现真实的旅痕。

时间拉开的夹缝里，我们挣扎着、呼吸着、爱着痛着……

在聒噪的尘世写下一个人内心的私语，写下远方和亲人，像写下自己短短的墓志铭，没有姓氏和传奇，只有一粒尘埃的缥缈和无助。

山梁下是低处的春天，有一种落寞，也有一种葱郁，寂然着，也骚动着。

当风再次刮过山梁的时候，雨开始滴落，我们被密集的雨所淹没。

而泥泞就此开始……

原载《散文诗》上半月刊 2014 年第 9 期，
入选《2014 中国年度散文诗》

在高原

行走在高原，悠远的歌声飘荡着迷人的气息。

一片又一片碧绿的草地，蔓延开来，为你披上出嫁的盛装。

苏鲁花说开就开了，像掩饰不住的喜悦，闪烁着阳光的温暖和灿烂。

马蹄的声音由远而近，风的声音由远而近。

之后，擦肩而过。剩下一路芳香，一路欢呼……

此刻，我只想安静下来，和草原一起，仰望一只雄鹰逆风翱翔。

帐篷就在不远处，而我情愿就此在草地上行走。

像众多蚁群中的一只，逃离尘世，在草丛深处，跋涉，爱恋，皈依。

原载《散文诗》上半月刊2014年第12期

天 空 下

仰望之处，皆为一片空阔，一片蔚蓝，一片浮动。

天空下，没有鸽群飞过。那些在遥远处萦绕的云，集聚又散离。

像一份生生不息的怀念和欲言又止的忧伤。

近处，一座座村庄，储满静谧与淡然。

一缕缕浮动的青烟，传递着尘世众生的心愿、梦想和爱。

黄昏莅临，天空下，一片绯红——

是心情的颜色，是期盼和希望的颜色，也是回家的颜色……

残阳的余晖里，那些匆忙的身影和我一样，渐渐缩小，渐渐模糊。

最后，消失在视野和夜色里——

像一次不期而遇的梦，轻盈在自己浅浅的幸福里。

原载《山东文学》下半月刊 2014 年第 8 期

夜 晚

夕阳落下。暮色临近。

一天的奔波暂且驻足。牛羊归来，满身倦意。

炊烟升起，像那些失去的岁月，恍惚间被风吹散，无影无踪。

卸下尘世的疲惫和虚伪，返回到自己狭小的世界。

卸下活着的尊严，返回一个人本该拥有的渺小和真实。

昏黄的灯光是一剂良药，舔舐着灵魂深处的伤口，弥合着现实与理想间巨大的缝隙。

那些在夜晚被一一打捞的心事，随灯光闪烁，明灭。

月色暗淡，我们将沉沉睡去——

或许，梦所开始的地方，我们才是自己真正的引领者，在漫夜里与春天相逢，并一路前行……

原载《伊犁晚报·天马散文诗专页》2013年第6期

寒风刮过

寒风刮过，草原一下子就荒芜了。

像牧歌一样雄浑，一样苍茫，一样辽远。

一片又一片的羊群，漫不经心地寻找着生命的草芽。

父亲的头发白了又白，但依然没有停下来，不愿歇息片刻。

炉火上滚烫的开水，冒着白花花的热气。

像我掩饰不住的泪，温暖着草原、村庄和心。

柴火就在不远处，而此刻，我只想做一根柴火。

寒风刮过的时候，在炉膛里燃烧，温暖父亲皲裂的双手和孤独的心。

只愿忽略奔波的疲惫，和父亲一起紧紧相依。

原载《山东文学》下半月刊 2014 年第 8 期

春 雨

甘南的春雨，潇潇，冰凉，绵延不绝，丝毫没有停歇之意。

此刻，夜深人静，而窗外依旧凉风凄雨，苍茫一片。

每一滴都承载着一个季节的冷暖与疼痛。

多年了，那串遗失在时光里的风铃，时常在心灵的屋檐下吟唱——

清脆、空灵而悠远……

但风没有停止，在一个人的高原兀自行走，像时光一样永不止息。

而雨声依旧，一如生命的某种深度，不去亲自体味，就寻不到它的真实。

有雨陪伴，高原深处，就少了几分寂寥。

总有那么一些时候，心情徘徊在灰色的空间；总有那么一刻，心如枝头的一片叶子，被秋雨淋湿着，顿觉人生如秋雨，滴滴答答冷若霜。

如今，铃声消逝，伊人远去。“守着窗儿，独自怎生得黑？”

原载《散文诗》上半月刊 2014 年第 12 期

留在故乡

高原的风悄悄吹过，吹过天空，吹过大地，吹过我们疲惫的脸庞。

在这样的时光里，我们的每一次回眸和每一次等待都充满渴望。

当春天渐渐到来，故乡，在我们的奔波和坚强里，像母亲守望的眼神一样慈祥，像家的温暖一样沁人心扉。这一刻，远行的我们，每一次回眸都充满幸福。

远行的风中，故乡越来越近。门前那条小河奔流的声音，依然萦绕在耳畔，像母亲的笑声，是那么亲切，那么熟悉，那么真切。拂去我们内心的疲惫、泪水和忧伤。这一刻，奔波的我们才明白，每一次相聚都充满温馨。

春天来了，而母亲在老去，我们在老去，像一次没有回头的旅途。

此刻，我多想留在故乡，留在母亲身边，聆听小河的歌唱，与故乡一同缓慢老去。

原载《散文诗》上半月刊 2014 年第 12 期

在甘南

五月的夜色，一场雪柔美而忧伤，飘白了往事。

一场落在五月的雪，替谁掩盖了前世今生的秘密。

那些留在草尖上的牧歌，是谁游曳的怀念和渴望？

甘南啊，你是我生命奔涌的河流，承载着一个行吟者全部的风霜、言辞和想象……

但我听不到你奔跑的波澜，听不到高昂，远方的天空雪野一样渐次迷茫。

一棵棵站在风雪中的树木，等了整整一个冬天，还没有等来你的消息。

风一吹，他们如我的守望，沉闷、死寂、虚空，雪一样惨白，夜一样的空洞。

在甘南，冬天像一个人生命一样漫长而坚韧。

一个人经历多少严寒、风霜和苍凉，就拥有多少生命的真实、力量与色彩。

原载《散文诗》上半月刊 2016 年第 9 期

起风了

又起风了。一股刺骨的冷直抵心底。

将人吹得消瘦，吹得弯曲。

那些在半空盘旋的灰尘，像多年前的一场噩梦，遮住蓝天和太阳的光芒。

我每天经过这个风口，确切地说，是小城宽阔的广场。

但很少有人在广场散步，广场在高处，成了风口；小城在低处，成了避风港。

多年来，尽管我已习惯了风的肆虐，但有时候，某一天或一瞬间，我厌倦了这高原的风，它将我逼到生活的边缘。

风一吹，天地迷茫一片，找不到方向和远方的路。

原载《散文诗》上半月刊 2014 年第 12 期

饮下高原的冷暖

除了青稞的芒，还有什么比这更具有锋利的思想。

我们种下大片大片的青稞，让它长成高原的品格。

岁月的风，吹遍灵魂的疆域，我们在青稞的芒一样的时光里跋涉，永不言弃。

我们用青稞面拌酥油，做成糌粑，养出坚韧的生命。

当雪花飘落，青稞不悲不喜。十年，百年，甚至千年，不改初衷，它们在生命里一片一片地绿，一片一片地熟。

我们用青稞酿成一壶壶美酒，在高原漫长的冬季里，饮下高原的冷暖和时光。

青稞酒的香味犹如悠远雄厚的牧歌，在草原上飘荡，在血脉里流淌，像滚烫的爱。

无数生灵在雪线以下沉睡，但我们的灵魂醒着，它芒一样，被青稞酒洗得发亮。

原载《星星·散文诗》2015年第10期

被践踏的马莲花

夏风吹过，遍地马莲花开，天空一样湛蓝。

她们是我最爱的生命。爱她们，像爱着自己的家园和头顶的那片蓝天。

但很多时候，人们看不到她们小小的生命和融化在思想里的色彩。

那是一种紫色的蓝，疼痛的蓝，在草原的某一片领土上孤独地挣扎。

一个人踩过去，两个人踩过去，后面便有无数的人踩过去，像一场屠杀。

马莲花开的草原，被践踏为荒芜的土地，风一吹，尘土飞扬。

她们，只有在夜里，才不再担心那些肆意的践踏；只有在雨中，才坚强地站起来，洗掉满身的浴血。但我始终相信，夜色无法愈合她们的伤口，雨水也无法洗掉她们的疼痛。

人类对她们的践踏无处不在，但我们视而不见。眼睛看不见并不可怕，可怕的是我们关闭了心灵的窗。

原载《星星·散文诗》2015 年第 10 期

桑科，心灵的经卷

打开心灵的经卷。时间是一只鹰的速度，将天空一分为二——

一半是业已逝去的记忆，一半是草原一样苍茫的现实。

风吹。雪落。飞翔的羽翼承载着越来越沉重的思想。

生生不息的酥油灯就在眼前，但我们看不到它的燃烧，我们的眼睛早已混浊。

桑科草原就在不远处，但我们却如此渺小，如一只淹没在草丛里的蚂蚁，我们的灵魂早已萎缩成一粒细微的尘埃。

我们一遍又一遍地绕着拉卜楞寺行走，以此祈祷，以此赎罪。

风止时，只剩下诵经的声音——

像一匹马，在灵魂的高地嘶鸣、奔跑……

原载《散文诗》上半月刊 2016 年第 10 期，

入选《2016 年中国散文诗精选》

鹰藏在天空里

我无数次写到鹰，写到飞翔的灵魂。

生命最真实的状态就是飞翔，没有什么比飞翔更令我们心血澎湃。

在青藏高原，高远的天空有着生生不息的生命和灵魂。

如果云朵是天空的生命，那么鹰就是天空的灵魂，它神一样存在。

面对鹰，生活在高原的我们是渺小的，如小草。但在辽远静穆的草原，做一棵小草是幸运的，也是幸福的，它为梦想铺开无边的领地。我们一抬头就看到，鹰藏在云里，云藏在天空里，天空藏在我们小小的心灵里。

而我们朝圣的灵魂的脚步，将从一棵小草开始，抵达鹰的高度。

在兴荣枯衰里，仰望鹰的飞翔，仰望天空，与大地共存。

原载《星星·散文诗》2015年第10期

一场雨落在灵魂里

天空阴沉。高原的雨，说来就来，抵达草原。
铺开一张画卷，牛羊和帐篷便是思想的全部。
淅淅沥沥的雨丝铺洒下来，温润着谁的容颜和心扉？
如一份绵密的爱，慰藉着整个草原。
一滴雨，就是生命的一次完美再现，精致，美丽，晶莹。
尽管雨是冷的，风也是冷的——
但我聆听到草木吮吸的声音，空灵而幸福，如春天温暖的颂词。
万物破土的声音，从容而强大，在灵魂深处沉湎，回荡。
倏忽间，雨停了。而牛羊和帐篷还在，草原和阳光还在，牧歌还在……
爱像生命一样，瞬间成为一种永恒的存在——
在你我心灵的疆域，绚烂而超然。

原载《星星·散文诗》2015年第10期

苏鲁花

一匹马跑累的时候，你还没有出现。

无数匹马跑累的时候，才看到你羞涩的容颜。

从云层挤出的一缕阳光，打在马背上，马顿时光芒四射。

广袤的甘南草原上，被马蹄溅起的花瓣，如金色的牧歌。

为你我，还有更多的旅人，盛放一腔满满的温暖和爱。

苏鲁花。蕴藏了多少人间的悲苦，才在心灵的草原绽放生命的本色。

你看，那铺天盖地的光芒，映红谁三十多年的守望和相思?

在甘南，马，依旧在奔跑；苏鲁花，依旧在芬芳。

而我们却慵懒在谎言里，被红尘淹没。

我一直相信马是太阳的另一种存在，和苏鲁花一样——

它照见人类的真实和虚伪，也照见生命的坚韧与懦弱。

原载《散文诗》上半月刊 2016 年第 10 期，

入选《2016 年中国散文诗精选》

在时光的草丛里

天空，比海更辽阔，比海的蓝更纯净，更萌动一个人的静思。

偶尔有白云，雪一样耀眼、迷醉。

向下，是羊群，如撒落的花瓣，在高原的风中，飘荡。

留在草原上的脚印，被新生的碧草覆盖，像覆盖着一段神秘的传奇。

传奇里住着两个人，你和我。

时光的马车经过，我们像两道辙痕，越走越远……

格桑花依然在盛开和凋零，青草依然在生长和枯萎，生命像旋转的经筒周而复始。

而我们的脚印，却越来越轻，如微尘般被风吹散。

我们的身影越来越沉，在时间的草丛里，深不见底。

原载《散文诗》上半月刊 2016 年第 10 期，
入选《2016 年中国散文诗精选》

一滴水的距离

穿越青海果洛高原，你一路奔波，一路飞翔。

此刻，一定是累了，我看到你在玛曲草原疲惫的身影和缓慢的行走。

拥着草原如梦，恰似银河，在无数湖泊的陪伴下，闪烁着尘世间浩瀚的光芒。

当吉祥的彩虹为天际苍穹和万顷碧野搭起一座桥——

一群群的牛羊和河曲马是幸福的，辽阔的牧场就是它们的天堂；

煨桑的阿妈和挤奶的卓玛是幸福的，悠远的牧歌就是她们柔软的故乡。

我相信，在黄河首曲，天堂里的人间和人间里的天堂仅隔着一滴水的距离。

而这一滴水，就是欧拉秀玛的西梅朵合塘，它融合了生命的三种色彩：金莲、龙胆和毛莨。

它们，像格萨尔王生生不息的传奇，构成了首曲草原上生命的坚韧和斑斓。

原载《散文诗》上半月刊2016年第10期，
入选《2016年中国散文诗精选》

在曲哈尔湖

卸下尘世的疲惫，草地便打开人间最温暖的巢。

曲哈尔湖将天空和大地对称展开——

这里的一切事物都拥有另一个自己，一个在水之上，一个在水之下。

人间所有的风雨雪霜，都被另一个自己默默地承受和记录。

风起，与你一起醉；风止，与你一起醒。

这么多年了，我们经历着不同的哀伤和疼痛，也感受着不同的幸福和快乐。

而曲哈尔湖才是那个照见我们心灵的镜子，有心跳和呼吸、思想和生命的镜子，它替我们活着、爱着，梦着、醒着。

在曲哈尔湖，我不做自己，只做你身边的一棵小草或一朵小花，一只蜜蜂或一缕微风……

不需要眺望，阿尼玛卿雪山就印在曲哈尔湖，像格萨尔的身影印在灵魂深处。

不需要聆听，猎猎经幡颂唱着英雄的史诗，像格萨尔的传说在血管流淌。

原载《散文诗》上半月刊2016年第10期，

入选《2016年中国散文诗精选》

第二辑 用诗抒情

感伤的音乐承载着谁的痛?

响了很久，重复了很久。

像一本厚重的书，翻了许久，

却依然在扉页，依然没有内容。

或许，生命本就源自虚无，终将虚无而终。

内心的缺失

你在为谁美丽，这些思想的花瓣？

你在为谁飘零，这些爱的晶莹的碎片？

我们不期而遇，那么近，触手可及，我们说出彼此的幸福与寂寞。

我们擦肩而过，那么远，天涯海角，我们写下彼此的回忆与煎熬……

一场雪就这样轻易抵达，抵达一个人的黑夜和生活。

雪落无声，雪落真的无声吗？

那一刻，我听见雪飘零的声音掷地有声，那是一种生命的力量和高度。

那一刻，雪花用自己的方式完成了一次对生命淋漓尽致的表达和歌唱。

而这些或许是我们内心所缺失的——

像雪花一样美丽，像雪花一样飘零。

原载《青年文学》上半月刊 2011 年第 9 期，

入选《2011 中国年度散文诗》

黄 昏

徜徉于黄昏空旷的野外，是约会？是宴请？

残阳孤立。呼吸和心跳的声音残存着黄色的瑰丽，等待黑夜吞噬整个世俗。

远山是破碎的城市，枯黄了记忆，挂在眼角的泪水跌落成伤感的岁月。悲戚的诗行中，我株守一棵苦涩的树。孤烟缀合着惨淡的思绪。

用无声的语言流泻深痛的伤痕和悱恻的情感，喧嚣的城市在黄昏死去。

人生是火红的舌头。

人生是燃烧的河流。

而我是一座荒凉古久的坟墓，以血的面孔向西天的云彩道别。

原载《散文诗》2000 年第 10 期

村 庄

荒芜的仍在荒芜着，美丽的依然美丽。

天穹之下，我千百年寻找的天堂。

所有的过去，所有的现在乃至所有的将来，我将栖息于你的记忆和想象之中。

村庄。一条宽阔的河承载一个人生命的历程。

打马驰过大地的歌声是篱笆和油灯所恪守的百年不变的诺言。

尽管遥远的路途声音萧索；尽管苦艾杂生的想象饥渴而荒凉；尽管咯血的守望终将化为无际的迷茫……但是，你的河面平静而安详。

村庄。生命的高度燃烧爱的火种。

当所有的吟唱笑声匿迹；当所有漂泊的日子沦为一叶浮萍；当所有的梦涉过千山万水之后支离破碎如片片雪花……我深情的泪水被你灼燃，如东方晨晓。

泪水，仅仅是心脉相连的血液吗？

人类生命的尽头孕育爱的海洋。

原载《散文诗》2003 年第 5 期

枯　枝

苍劲的手指，是黑暗中凝望的一双眼睛。

承载风和岁月无尽的敲打，眼睛穿过远山，如父亲漫长的一生在接近一种深邃的哲理。

孤独的天空，泥土悄悄地流泪。

村庄和油灯渐渐消失，大地一片沉寂。

牛和犁业已老去，孤烟和房屋业已老去。你活着，如一尊会说话的铜像，讲述饥饿和一个人苍白的故事；你活着，如一架会歌唱的琴，演绎着孤独和一个人永恒的守望；你活着，如一抔会生育的泥土，孕育着血液和一个人博大的胸襟……

你在渴望永生吗？

黑暗中傲立的手指，黑暗中凝望的双眼，在沉寂的大地上，走出流浪者遥远的脚印里亘古的太阳。

原载《上海诗人》2012 年第 6 期

凋零的花瓣

我在一棵木头内另辟小径。

你在遥远的山冈返回天堂。

远行的路上，万籁俱寂。

仅仅一次与春天短暂的相约，足以使多年前凋零的容颜再次芬芳。

仅仅一次与春天简单的邂逅，足以使多年前熄灭的火焰再次复燃。

是谁比一块被大雨淋湿的石头更加冰凉？

是谁比一只在暗夜啜泣的灯盏更加孤独？

耳鼓贴近大地，我无法想象关于爱情美丽的传说，业已夭折穷尽于一场秋霜，而你死亡的高度让我无尽的哀伤。

用一首诗来为你悼念，我只是一缕青烟，缭绕于你所远行的旅途，让我和你一同返回天堂。

生命之旅不只是孤独。

原载《散文诗》2003 年第 5 期

一片叶子的苦难

我从古希腊的神话中目击着一片叶子的生命，目击着一块泥土的灵魂，包括叶子的天堂和泥土鲜红的泪水。

在父辈的头颅抚摸历史，渴望如一只鞋子的苦难，如一片叶子的苦难。没有人从遥远的地方为你歌唱，也没有人从风沙的葬礼上为一滴泪水安慰诗歌的诞生。

你不知道那些日子，那些腐朽黑暗的日子，那些同死亡偎依的日子，那些在诞生时被黑暗埋没的日子。

当颤抖的生命在孤苦的枝头歌唱春天，当贞洁的心在苦难的刀锋歌唱太阳，你的骨血在暗夜的狂飙中干涸，没有人莅临，没有人想起——

在这样的时刻，在这样的暗夜。

逾越父辈头颅的沟壑，沟壑里刻满了惨痛的历史。无法顾及你鲜红的泪水流向天堂的过程，我从古希腊的神话中，目击着一片叶子的苦难。

原载《散文诗》上半月刊 2007 年第 12 期

沙漠之魂

是谁的呼唤惊醒沉睡的梦？

是谁的手指划过人迹罕至的荒漠？

驼铃。泉水已干，是你拨动琴弦的声音汇流成一湾清泉，滋润泪水千年以前干涸的河床和饥渴的灵魂吗？

骆驼。黄沙万里，是你在寻找千年以前失去的梦吗？海市蜃楼多么遥远。沙漠的王者，唯一的王者，一个遥远的梦因你的存在而真切；亘古的王者，沙漠之魂，响彻骨骸的狂飙是生命熔炉的燃烧。你驮着盐和强大的生命——

亡者的灵魂走向神圣的祖国，教徒虔诚地走向圣地麦加。

是谁高昂的头颅在寻找泪水博大的燃烧？

骆驼刺与红柳树。荒寂的戈壁滩上，是谁的手指伸向太阳，拯救病危的肉体和消亡的血液？鲜花和鸟鸣多么遥远！

驼铃。骆驼。沙漠——

真理在血迹间生生不息。是谁从地球这壁走向地球那壁，在坚持终生抵达太阳的归宿？

——沙漠的王者，沙漠之魂！

原载《散文诗》上半月刊 2007 年第 12 期

海的存在

以石头凝重朴素的姿势屹立，我看见海和流血的落日。黑暗埋没诗歌的想象，我听不见水流的声音和风的嘶鸣。

十二名女子。九月的女子孑然远行，远行如琴弦颤动的音符。你的远行和贫穷，使我想起诗歌的再生和诗人的苦难，使我想起海的存在，使我想起海水深处一架沉睡的琴和泥土上一棵孤独的麦子。

伟大的灵魂正在平凡地生存和牺牲，他们在太阳下的村庄，他们在月亮下的麦地，他们在远古的荒漠，他们在历史的坟墓，他们谈及荷马，他们谈及但丁和海子，还有众兄弟。

沉默是谁灵魂的叹息——只有死鱼才会顺着水游。

女子。九月泣血的女子。当废墟和黑暗一同荒芜了梦，荒芜了灯盏和盐，你从残阳落下的地方燃起：是鲜红的泪水还是飞翔的翅膀？

想象：海的存在。此时此刻，我们是泥土，是海。

女子。九月飞翔的女子。眼睛和耳朵是艰砺的，我们没有任何理由逃避黑暗和苦难，我们时刻准备着失败和肉体的阵痛。

原载《散文诗》上半月刊 2007 年第 12 期

哭泣的鸟

在这个灰暗的秋天，我听见鸟的哭泣，我听见哭泣的声音逾越大地。一棵脆弱的麦子倒伏，幻想倒伏。我在一只鸟的内腹被葬送，但我必须回到鸟的内腹幻想，幻想一万只孤独的鸟飞翔在这个灰暗的秋天。

一万只哭泣的鸟，在月亮的隧道翻开一架病危的琴，琴声把我带到大地枯萎的河岸，带到天堂被一切淹没后的世界，但我必须回到淹没后荒凉的世界幻想，幻想一万只沉默的鸟飞翔在这个灰暗的秋天。

一万只哭泣的鸟，倒伏的麦子啊，羽毛撕裂的日子如蝶，如凤凰，如静静的顿河，但我必须回到顿河幻想，幻想一万只疼痛的鸟飞翔在这个灰暗的秋天。

一万只哭泣的鸟，多少苍白的血液干涸如呻吟的麦子。管窥麦壳被瞬间撕碎的肢体落满黑色的土地，我必须重新回到一粒饱满的身躯之内幻想，幻想一万只不幸的鸟飞翔在这个灰暗的秋天。

一万只哭泣的鸟，孤独使幻想接近沉默，泪水使幻想接近疼痛。

一万只不幸的鸟啊，而我是那其中的一只，但我必须回到鸟的内腹幻想，必须在这个灰暗的秋天飞翔。

原载《散文诗》上半月刊 2007 年第 12 期

半截蜡烛

我是一名夜行者，手持半截蜡烛——

“你看他在黑夜里：戴着黑色的毡帽，迈着夜一样静的步子。”

这个至今仍在黑夜里跋涉的人啊，他清瘦而孤单，忧郁而哀伤。

夜像得了肺病的老人，呼吸困难，吐出一口又一口黑色的伤。这硕大的黑是一把沉重的盐，是一把撒在伤口上的盐，疼痛而无阻，恰似一只风雨中迷茫的羽翼。

我用半截蜡烛颤动的佛光照耀着一个人内心的黑夜，照耀着一只脚印在落下之前的前生今世，照耀着河流一样冗长而艰涩的影子。

影子是谁的嘶鸣？生生不息。

影子是谁的躯体？伤痕累累。

远行的人啊，黑暗中跋涉的人，那个在西部高原叫花盛的诗人和你一样，手持半截燃烧的蜡烛，他的存在是两片叶子——

一片是疼痛，一片是泪水。

原载《散文诗》上半月刊 2007 年第 12 期

静坐如钟

阿尼玛卿雪山是谁挺起的脊梁，在西部大地之上默不作声，忍受着巨大的盐伤？

但此时此刻，我看见北方刮过一片沙尘。沙尘落下的地方生长着强大的生命和一座天坛，那是鹰的归宿吗？

神圣的天坛，善良的菩萨，一片圣雪为你降临。

而纷乱的大地上，你沉默不语，静坐如寂寞的雪莲，如扎什伦布寺佛光四射的铜像。

千万只马蹄的声音和羊群的啼哭，就是千万只翩飞的蝴蝶，在歌唱天空之外神圣的太阳。

千万朵苏鲁的花香和桑烟的眺望，就是千万只眼睛在沙尘之中守望远方归来的儿子和鹰，就是千万颗心在虔诚地膜拜善良的菩萨。

但我分明看见，草原之上，牦牛席卷而过，祖国的北方沙尘席卷而过。

世界与你无关，阿尼玛卿雪山啊，你在世界之外，静坐如钟。

原载《散文诗》上半月刊 2007 年第 12 期

暴　雨

一场暴雨突如其来。

一些原本美丽的生灵在瞬间面目全非。

直立行走或者展翅翱翔业已化为乌有。

它们的躯体在黑色的土地上倒伏着、横躺着、陈列着……

无可比拟的扼杀，使一个在土地里耕耘太阳的农夫流下绝望的泪。

无可名状的摧残，使大地失去平衡，使一颗滚烫的心失去平衡，使一对充满渴望的羽翼失去平衡。

生命与生命的摧残。生命与生命的扼杀。

这是衰败，还是终结？

试图埋葬大地的亦在埋葬着自己。而大地上活着的生命仍在继续着轮回和交替。

原载《散文诗》下半月刊 2006 年第 3 期

缓 慢

缓慢。当我写下这个词时，突然产生一种感觉叫漫长。

雪从早晨一直下到深夜，仍在不断持续着，不紧不慢。

像暗夜里一个人无尽的思念，忽近忽远，忽明忽暗。

炉中的煤正在驱赶着寒冷，但融化不掉灵魂深处坚硬的冰块。

多年了，冰块在渐渐扩大，像生活的重，终将压得我们苟延残喘。

我们蜷缩在尘世，慵懒在狭小的空间，日复一日，年复一年。

而日子在走远，时间在走远，我们也将渐渐走远，慢慢老去。

感伤的音乐承载着谁的痛？

响了很久，重复了很久。

像一本厚重的书，翻了许久，却依然在扉页，依然没有内容。

或许，生命本就源自虚无，终将虚无而终。

原载《散文诗》上半月刊 2011 年第 12 期

祭 奠

深冬的夜晚，风在不断敲打着孤寂和无眠。
诗意的美丽岛被雪覆盖，被夜色覆盖。
或许，它只是个梦，只是个传说。
内心的岛屿不再有鸟儿的歌声，不再是灵魂栖居的地方。
夜色太浓，我看不到雪中的故乡那雍容典雅的姿态。
但我想到，她一定经历着草木枯竭、花瓣凋零的疼痛。
梦在渐渐佚散，像随风远逝的雪花，不留一丝痕迹。
只剩下风的肆虐，告诉我们生命必须经历的严寒和坚韧。
此刻，用漫天的雪花祭奠一个季节和传说的远逝吧！
像此刻正在炉膛燃烧的煤一样，用光和热抗拒着寒冷和黑夜。
还有什么比这更令人豪壮，还有什么比这更真实地存在过——
纵使化为灰烬，化为一缕青烟。

原载《散文诗》上半月刊 2011 年第 12 期

梦

说醒就醒了，是那么突然。

之后，剩下自己奔波在生活边缘和现实的夹缝。

驻足的瞬间，沿着时间的脚步返回梦里是一件艰难的事。

一切早已不复存在，梦已消失得无影无踪，不知去向，只留下模糊的碎片凌乱在心灵深处。

在时间日夜兼程的跫音里，一些人轻易地走完短暂的一生，如昙花一现。

另一些人却依然跋涉在岁月苍凉的风中，如一只雄鹰选择在盘旋中渐渐凋谢飞翔的生命。

有梦的生命是幸福的，有阳光的生活是幸福的。纵使无法返回梦里，纵使无法采撷一缕阳光——

在我们的灵魂深处，昙花和雄鹰一样真实，一样美丽。

原载《山东文学》下半月刊2014年第8期

突如其来的幻想

一群突如其来的马和我一起在心脏倒塌，如温驯的羊群在纵情笙歌的河床被蹂躏。但你看见大地和水，看见风中唯一闪烁的羊群，正在天堂和地狱之间完成石头所保持的神圣尊严。

羊群：被上帝遗弃的女儿，在西部高原掀起心脏巨大的跳动，纵使肠胃荒芜如漠，纵使头颅破裂如壳，纵使两手空空，纵使众神的蔑视使你骚动不安，但你看见母亲和火，看见岩石边缘一棵肃立的麦子，正在幻灭和死亡之间拯救一副残缺尸体的复活。

一场大火突如其来，马和我一起在心脏倒塌，一座城市在烈火中倒塌，如一只囚禁的鸟听见大地久违的牧歌。但是，大地空无一物，只剩下西部一个叫甘南的部落高高在上，只剩下幻想高高在上，只剩下诗歌高高在上。

大火：血液图腾的天空，语言的生长粗犷而荒凉。是谁的心野盛满湖面的大梦和我一同长大？一只鹰于蛮荒野地独唳，另一只鹰逾越拉萨和青海上空，看见遍地雪莲和哺乳的羊群。

羊群：六月温驯的女儿，是谁在眺望？是谁在质问？我听见岩石深处头颅破裂的声音和天空以外大地的颤动。

是谁绝望的眼神使大地的孩子惊恐？刀锋亲近，肢体断裂，一群突如其来的马和我一起在心脏倒塌，而后，又重新站起。

原载《新世纪文学选刊》2009 年第 12 期

琴 声

湖面的笑在手掌上荡起，琴弦一张一合，如说话的骨头。

我和你在这里落入水中，我和母亲在这里落入水中，冰凉在这里得到了温存。

你的手指是湖面的月光，柔若裙裾，柔若水中长大的女子，声音和睡眠是流动的，除了在湖面牵引方向。

或许天堂没有你的女儿，正如对我没有馈赠。

黑夜和白昼是两位女子，和我一同落入水中。

音乐在手掌上如梦，梦在风中如月，月在水中如蒙娜丽莎，亮着脸蛋，落入水中。

原载《新世纪文学选刊》2009 年第 12 期

落地成诗

污染使城市面庞浑浊，雪使故乡的山川朦胧。

站在一场漫溯的大雪中我们彼此看不清对方的容颜。

让我闭上双眼，感受这些来自天庭的贵客轻轻的爱抚。此时，我无须歌唱只让这些玉屑的词语落地成诗。

——雪。我梦里梦外的姐姐，你的轻舞让娇小的羊充满惊异，让市井的俗气，裹紧心灵的衣裳，而故乡正梦见春天和道路。

幸福的雪啊我的姐姐，仅仅一次你的款款幸临，就让故乡幸福不已，让我在城市和乡村之间看见遥远的童年。

请你相信梦的真实和家的温暖，让我把祝福撒满天空和大地，让上帝赐予和我一样卑微的人怀念、感激、幸福和纯净。

原载《散文诗》下半月刊 2011 年第 5 期

守望空旷

比这些更白的是时间留下的碎片，他们恪守在贫困的村庄和记忆的河床，像炊烟，像溪流，像此刻的甘南草原上千万盏酥油灯陷入黑夜时醒着的眼睛。

让我把记忆的雪花当作上帝的睡眠，把夜当作你走累的眼神和身影。

如果搁岸的残骸是你灵魂的再现，我将兑去掩饰尘世丑陋的皮肤。

圣洁：一个超越生死和深渊的词语，像生生不息的佛光，温暖在谁的胸口？

我怀抱马头琴和牧歌，经历黑夜的空旷，像树木守着光秃秃的枝丫和空空的巢。

原载《散文诗》下半月刊 2011 年第 5 期

风吹大地

秋风再一次带来寒意、荒凉、空旷和记忆。

一片叶子从青春走向衰老，走向岁月的枝头摇摇欲坠。我再次目睹这生命嬗变的闪电，瞬息间划过天穹之后的瑟缩和恐惧。

我被秋风引领着。我的目光被一片片怀念的碎片敲打着。

这些沉重的碎片，金色的碎片，在生命的春天曾经是多么的阳光灿烂，它们曾经拥有的爱是多么的幸福和温暖!

风一阵又一阵地吹过大地，像谁用急促的脚步，在那座古老而朴素的村庄里写下爱的誓言。

但我依然恪守那份承诺，像巢恪守着鸟雀，黑夜恪守着黎明，我依然恪守着命中的村庄。

原载《散文诗》下半月刊 2011 年第 5 期

岁末回响

声音响起，语言中的诗句上升。是谁自天外走来还给沉睡者重生？历史接触岁月，声音在寂静中回响延伸。是月亮？是湖面的风？是雨？是摆渡的手指？是背影的岑寂？

梦中惊醒，残存的落英如蝶。一只月亮和一只花鹿，还有水中长大的女子。诗句的姐妹，在声音这端，在声音那端，在月亮的子宫，在花鹿的舌尖，以山峰的姿势飞翔，以桃花处子燃烧。

水流过的地方长满青草，一如鹿鸣的手指，是血色的凄凉逾越生命的河谷。遥远的声音是一条毁灭堤防的潮水，是悱恻的芬芳。

仅仅一次：月亮从这里经过，我们所有已逝的佳句潮起潮落；仅仅一次：花鹿在这里喝水，我们整个生命的头颅如核四裂。回接重述的残绿和梦醒的凄迷，我们所有溺爱的姐妹消失在远方，最初的声音穿透最后的黑夜，是谁将蛇的舌头在火焰的发根烧焦，摧毁夜的宁静和众兄弟的沉默？

黑夜的歌手是黎明的乡愁吗？天空之外的天空佚失月亮，撑灯的女子在声音的两端悄然独立，缄默如冰冷的石头。是谁让你深入历史，目睹血痕；是谁让你彻夜难眠，泪光如雪？声音穿透声音，泪水淋湿泪水。湖面的风起伏声音的影子，我不会拒绝声音如不会拒绝回首；月亮和雨诞生泪水的淡薄，我不会拒绝泪水如我不会拒绝伤痕。我如鸥的声响漫过原野，在遥远的遥远处嘶哑，但呼唤你，我的喉咙生长火焰，在此时此地，在彼时彼地，你在寂静中延伸，我在诗句中上升。

博大的声响源自远方，源自生命。打开岁末手指的抒情，岁月无边，花鹿死去。声音生生不息，姐妹苍老，这是一种毁灭吗？春天戛然而止！

去时在有雪的路上带着火和盐，归时风雪的天空下声音四起。是谁自天外走来，还给沉睡者重生？历史接触岁月，声音在寂静中——回响——延伸——

原载《散文诗》2009年第3期

花 期

春天已然如期而至，而格桑的花期依然遥远。

甘南的春天，需要一次漫长的等待，像等待一次梦醒后的香巴拉之旅。

——遥遥无期。多年了，我早已习惯在甘南飘雪的春天守望。

雪落草原，那种广袤的深邃不断晶莹，不断沧桑。

风吹大地，那种粗犷的豪迈不断图腾，不断落寂。

而我将义无反顾，像那匹经历了冬天凛冽的白马一样，坚信不远处就是激荡而葱茏的大地和芬芳而浓郁的格桑花香。

风雪肆意的高度是爱和守望，我想——

一种皈依源自有爱，一种情怀源自守望。

多年了，在我守望的灵魂深处，是一只鹰逆风翱翔的羽翼——

飞翔。真实。耀眼……绽放着是生命的力量。

原载《散文诗》上半月刊2014年第9期，

入选《中国散文诗人（2013年卷）》

风微冷

风微冷。空旷处一群麻雀，叽叽喳喳，制造出浑浊之外的声音。

那么多身影，我分不清哪一个是我。

其实，我一直怀念它们，也怀念自己曾经和它们一样，在狭小的空间里拥有自由，拥有绿树成荫、碧草如茵的家——那个被刻在心灵深处的小村：党家磨。

叶落一秋，草枯一岁，每一次飞翔和每一次回眸同样令人心碎。

那些繁华之后的花草树木，又一次荒芜了心跳，唯有一望无垠的空旷和麻雀一样渺小的身影。

但我不知道它们，是否和我一样，感到，风微冷。

原载《新诗刊》2014 年第 4 期

孤独的蓝

暮雨潇潇。窗外的街道心一样潮湿。

公交车溅起的水花，像一把伞，有着孤独的蓝。

向左向右，淋湿头发、肩膀和心。公交车已走远，雨越来越稠密。

道路将夜色分成两半，一半向左，像蓝色一样的孤独；另一半向右，在路上没有了踪迹。

每向前一步，就是一次倾斜，恰如写下这些词句时潮水般纷乱的心绪和雨滴般心碎的痛——

它们和我一样，有着孤独的蓝。

原载《山东文学》下半月刊 2014 年第 9 期，

入选《中国散文诗人（2014 年卷）》

老照片

有时候，高原的春天，梦一样遥远和缥缈。

多年来，我似乎依旧难以适应这秋天般的苍凉，街道和草木、山川和梯田，像极了一张张老照片——那种黑白照片。

唯有年复一年，日复一日地在记忆中填充春天的色彩。

时光在一寸寸消失，容颜在一天天老去，骑着单车穿过街道，便是鲜花盛开，微笑阳光一样撒满山坡……

而这些，我唯有在记忆中寻找，并还原成一张色彩斑斓的照片，贴在心灵的窗口，或许——

这是我离梦和春天最近，也是最亲密的一次接触。

原载《散文诗》上半月刊2014年第12期，

入选《中国散文诗人（2014年卷）》

身　影

身影，是一滴泪，晃动在远离故乡的眼眸。是谁不舍的守望和牵挂?

我们尘埃一样飘来飘去，东奔西走，身不由己，一直到某个街角尘埃落定。

而故乡却越来越遥远，像一条条看不见的路。

疲惫的我们，随时被风裹挟着，分不清哪一条路才是回家的方向。

而那些熟悉的身影，风一吹，就颤巍巍地晃动——

泪水一样，一直在眼中晃动，却始终找不到滑落的理由。

原载《新诗刊》2014 年第 4 期，
入选《中国散文诗人（2014 年卷）》

相　信

梦像一首歌，说结束就结束了，短暂的开始与结尾。

我们是其中可有可无的一个音符，被弹奏者夸张的表情所忽略，唯有自己才能找到自己的影子。

那时候，我们钟爱音乐，像写诗一样，珍惜每个词语背后的芬芳和蕴藏的韵味。

如今，梦已醒。被雨打湿的纸张褶皱而破损，音符变成了一个艰涩的词语，在现实渺小的梦里，走来走去，走来走去。

但我仍然相信，生活是有梦的，像一首歌，在冷冷的夜色里独自演唱，经历着一次只有自己能懂的短暂的繁华。

原载《新诗刊》2014 年第 4 期

梦一样自由

我一再写到雨，写到雨中的自己，那种冰凉渗透衣服，渗透我迟钝的思考。

多年来，我唯一保持了在雨中缓慢行走的习惯——

被雨敲打着，叶子一样鲜绿；被雨涤荡着，道路一样宽阔；被雨簇拥着，雨滴一样绽放出另一个自己。

多年来，我没有说出的那些痛和秘密，雨替我说了出来；那些被现实尘封的梦，雨替我洗得发亮……滴般细碎的暖渗透五脏六腑。

雨一下，我就开始跟着它们，跟着另一个自己，逃离，梦一样自由——

哗哗奔跑，哗哗畅笑，哗哗流泪。

原载《山东文学》下半月刊2014年第9期

远去的时光

黄昏的阳光慵懒着，冷冷的。

像高原的冬天一样漫长，一样寒冷。

更多这样的时候，除了在途中奔波或做一些事之外，我们都会把自己关在巢里，关在狭小但却温暖的空间。

窗外的寒风依旧呼啸，拍打着窗棂和大地，拍打着漫下来的暮色和我们守望的心灵。

而那一抹余晖，早已在守望的眼眸里渐渐远去。

一如我们在冬天的慵懒里远去的时光。

原载《山东文学》下半月刊2014年第8期

在高原

雪粒如刃，剥开我们的身体，剥出一具具白骨。

那么多白骨在村庄周围的山坡上站立着，一动不动。

高原的凛冽里，只有一群群牛羊和马匹在移动，它们，像极了我的亲人，在自己的田畴寻找粮食和盐，之后不舍昼夜地反刍发白的日子。

它们的脚印，深深浅浅，平平仄仄。但却有着爱的光芒，珍珠项链一样。

在高原，每个漫长冬天里，从院子到村巷，从村口的麦场到田地，从阡陌到山川……它们不知疲惫给故乡挂上一串串项链，一直挂到青草铺满大地，苏鲁花开。

和它们一样，我抱紧自己，在高原的严寒里马不停蹄地奔跑，直到将自己跑成一副白骨，撒落在草丛里。

原载《淮风》诗刊2016年第1期

第三辑 为你而歌

夜的黑让我不断想起一首诗的苍白和无奈。

而在一首诗里将你怀念，

我情愿让一滴雨歌唱到天亮，

让歌声走遍灵魂的每一个角落。

怀念叶子

这个季节，我将为谁而歌？

这个季节，春天远去，叶子远去。

这个季节，迅速落潮。

往事如风。叶子，远方温驯的女儿，在我来不及呵护的日子如一滴水的瞬间消亡，让我独自哀伤。

叶子，大地善良的女儿，你轻易的深切关怀让我感动不已；钟爱的叶子，你摇曳的舞姿和深情的目光让我陶醉不已。

叶子，是你留下浪漫而纯真的诗句让我反复吟唱吗？杜鹃的歌声穿过丛林，飞向远方。

岁月如歌。叶子，是谁触疼我的目光，又是谁让我的心潮如海浪翻腾？黑夜和白昼反复轮回。

叶子，是谁占据我的灵魂，又是谁让我千年无悔地厮守？理性和思想反复交错。

叶子，这个季节春天已经远去，而我将为谁而歌？

在梦中期许你的款款幸临，我目光如钟。

原载《散文诗》2003 年第 5 期

秋天的怀念

一只蝴蝶于花的枝头上翩翩起舞，她的身后月亮在叹息，像一个人的生活叶落大地。

在一条激流中张望，我的遐想是一只奔跑后驻足的鹿引颈长鸣。

之后，沮丧地低下头啃食一些带泪的枯草。

秋天的深处是歌，我的内心深处是一只欲飞不能的相思鸟。

这样的时候，翻阅一本纸张发黄的书，而书是构成生命的一座楼房：一半是空，一半是真。

相约在生命的驿站，相约在秋天的门槛。

打开一扇久违的心门，我们被一片叶子定格在路上，定格在一首永无止休的诗中。

一片叶子叩响故乡的门扉，而一首歌就轻易抵达。

心灵的湖面潮起潮落，泪眼朦胧。

倏忽而至的梦，倏忽而至的沉醉，在栀子花落的跫音里浸透一个人无尽的天涯。沿着梦的痕迹和一首歌谣行走，蓦然回首，内心最后的疆土上站立的依然是你。

我的生命在秋天的黄昏注满带泪的诗行，犹如飞翔的河流于海的边缘带回慰藉的礼物。

假如仅仅是一个梦让你伤痕累累，我情愿是刮风的日子里挂在你窗前的那串风铃。

如果七色的彩虹是你梦寐的彼岸，我情愿做一滴水，紧紧与大地相拥，做一次永恒的吻别。

月亮是谁的叹息？一支牧歌侧耳而过，一个红唇擦肩而过。

秋天的原野上，我端坐如一棵枯树的守望。

落叶覆盖大地时，我像一片夹在书页中的枫叶，在你的翅膀翕动之前幸福地梦见春天。

为谁吟唱？我坐下来是泅渡的黑蚁，你站起来是秋天的歌声。

除了怀念和歌唱，只剩下一片天空：为谁吟唱？

站在秋天的深处怀念，有什么比一个人的影子更长。

所有的故事皆如翻飞的叶子，轻轻飘落，正好击痛我无边的惆怅。

站在落叶的中间，向往事说声再见是多么艰难。

“白发三千丈”，我没有改变原来的方向。

怀念是蓬勃的春天，诗歌是为你晴朗的天空，你的名字是五月的江南，让我静静地守望。

把祝福送给远方，在褪色的生命里为你深情地歌唱。

是谁的浅笑在梦中芳香四溢，由远及近，由外向里，将一个人的黑夜分成两半：一半是泪，一半是笑。

夜的黑让我不断想起一首诗的苍白和无奈。

而在一首诗里将你怀念，我情愿让一滴雨歌唱到天亮，让歌声走遍灵魂的每一个角落。

原载《黄河诗报》2009 年总第 5 期

促膝而谈

是谁返回天堂的影子涉过秋天，涉过甘南，在荒芜的疆土构想一只灯盏的空洞和泥土的失血？

黑暗中滑翔的叶子，和一双眼睛忧伤的名叫金藏卓玛的妹妹，一同在霜满天的早晨促膝而谈。

是谁的召唤使我们深情地匍匐于大地，深情言说和表达？而大地是我赖以生存的王座，是我死亡尽头骨骼的殿堂，是我暗夜中血液的母亲，是我忠实的情人……

是谁使我们陷入巨大的悲伤？鞋和盐同样真实，诞生和死亡同样缥缈，而秋天的阳光下流动的情歌是一张白纸上所浮动的生命，它所容纳的只是一抔泥土和半块月亮吗？

我看见金藏卓玛的眼中，从早晨到黄昏，再从黄昏到早晨，都盛满泪水，盛满霜叶和牛羊，盛满月亮的哀伤和格桑的吻痕。

也许，我只有借叶芝的诗歌慰藉你的忧伤——

“亲爱的，不要梦想过眼的流星的光芒与降露时天边低垂的蔚蓝的星光；我但愿我们化作浪涛上的白鸟啊：我俩！”

原载《散文诗》上半月刊 2007 年第 12 期

怀念桃花

是谁的目光停留在岁月的枝头摇曳？

是谁的微笑绽放在记忆的土壤？

那缕缕清香，是民歌中你柔软的手指抚过我沧桑的面颊；那甜甜的微笑，是阳光下悠远的歌声涤荡在我虚空的心野。

是谁把粉红的心事撒遍山冈？

是谁把相思的泪水汇流成河？

远行的路上，我走遍灵魂的每一座村庄；孤独的日子，我翻遍灵魂的每一座山冈；怀念的日子，我跨过灵魂的每一条河流……

泪水滴落，如尘埃落定的心事，滴在我的掌心，溅出美丽的花朵——破涕为笑！

泪水滴落，如飘飘洒洒的细雨，浸透我无尽的天涯。

原载《散文诗》下半月刊 2008 年第 7-8 期

轻轻掠过

零点的钟声响起，我写完这最后一首诗，将依然枕着村庄和河流入睡。

无数的白杨和一座小桥在我的眼前一再出现。

我牵着你的纤手飞过杨树林，漫步在小桥上。桥下的水里注满了星星，像我的眼里注满了你幸福的浅笑，耳朵里注满了你甜蜜的歌谣……

让时间停一停吧！让桥下的水停止流动吧！让星星都闭上眼睛，让我们紧紧相拥。此时，只让月光轻轻掠过。

天空依然有那么多星星醒着，月亮像我亲爱的姐姐，走近窗前，将目光停留在桌上，停留在这首未完成的诗上，像我停留在那座小桥上。

亲爱的姐姐，我两手空空。让我写完这最后一首诗吧！让这首诗将我带到从前，带到你身边，带到那条永不干涸的河岸。

之后，我将依然枕着村庄和河流入睡，并在那里梦见天空和大地，并在那里与你相见，那时我只愿让月光轻轻掠过。

原载《散文诗》下半月刊2011年第5期

秋天的颜色是幸福的

雨敲打着大地，敲打着深秋一个人的无眠。

甘南广袤的草原再次收拢翅膀，收拢牧歌和羊群。

一炷桑烟从炉中升起。比这更滚烫的是那一碗碗青稞酒，它将我远行的心一暖再暖——

这是被谁忽略的阳光，再次被那个叫金藏卓玛的姑娘捡起，并擦拭干净，映出一个人清晰的脸庞。

除了祈祷，只剩下怀念。

雨像沧桑的老人喃喃自语。透亮的身躯曾经背负着夜幕的意义和全部的纤尘往事。此刻，你将成为谁相依为命的盐?

马蹄的声音一再被搁岸。我和你一样，用夜的苍茫覆盖旅途的悲欢离合。

耿萨草原，我的身影经过你柔软的手臂，经过你深邃的双眸。

那个叫西仓的寺院，就在眼前。

它的旁边，住着我的爱人——默念着经书长大的金藏卓玛。我听到你心灵的疆域之上千万经幡铮铮作响的声音，逾越大地，逾越河流，抵达耿萨无边的心脏。

此刻，闭紧门窗，让雨声将时间追赶。

此刻，点燃酥油灯，让我进入光芒的中央。

此刻，我只愿闭上双眼，聆听血管里马蹄的声音驰骋草原，默念一只雄鹰飞过阿尼玛卿雪山……

天穹之下，我只愿做一缕秋风，吹遍大地，吹遍心灵深处的千沟万壑。之后，不留一丝痕迹——

像一片雪花，瞬间消亡。

遍野的马兰，渐已凋零。

这些戴在大地头顶的花环，目光掠过生命的驿站，缓慢落下，将灵魂交给泥土，交给那些隐秘的往昔。

还有多少明灭的灯光是你温暖的颂词？草原业已荒芜。

还有多少反复交错的声音是你苦涩的哀歌？容颜业已衰老。

像一朵野菊，我把自己交给秋天。

低矮的野菊，这大地最后的光亮，以时间的脚步匆匆赶来，又匆匆离去。

身后冰冷的石头是谁的凝望？在你远去的跫音里，它的姿态站立成一棵树，衬托着灰色的天穹。

它的下面，片片落叶。

幸福是一抹月光的颜色。

但今夜无月。我以酥油灯的光芒丈量秋风夜雨。

一个人的存活必须经历秋天，经受时间的赏赐和吞噬。

此刻，无边落木萧萧下。我像赤裸的山脉，突兀地自语——

温暖的颜色是如此纯粹，如此简单。

秋天的颜色是幸福的。

就让我抓住这些吧！这些金灿灿的瞬间。
让它们将深秋温暖，将无眠的暗夜照亮。
我的爱人，归隐在耿萨草原的金藏卓玛。
有你，我深秋远行的道路不再孤单。

原载《中国诗人》2012 年第 4 期

啜 泣

是谁在梦的尽头啜泣？“街道冷清心事却拥挤，每一个角落都有回忆。如果相逢也不必逃避，我终将擦肩而去。”

找不到昨夜星辰，独自跋涉于荒漠，风撕碎了我的头发——荒草般凌乱的头发。一只小鸟如流星划过身旁，留下一道血红的弧线，将我牢牢地系住，伸向灰色的岁月。

呼吸着沙尘，我的脸上刻满失意，听不到熟悉的声音，找不到熟悉的脚印，一个人坐在黄昏的石头上，长长的黑影是我掩饰不住的悲伤，一张寂寞的冷网尘封我所有前行的路。

是谁在夜的尽头啜泣？一个人在黑夜独饮一份孤独，我是一棵带泪的树，我的笑容背后隐藏着太多的苦涩，所有的笑都是凝重的咖啡。

泪水淋湿了心，淋湿了夜，向影子倾诉生活的苦涩，是爱？是恨？我说不清。爬过窗口的眼神如一条蛇，在心灵枯萎后死去，在泪水中死去。虽然经过太多的艰辛，却无法读懂心事和容颜，无法抵达今生的彼岸。

“天还是天哦雨还是雨，这城市我不再熟悉；我还是我哦你还是你，只是多了一个冬季。”

是谁在岁月的篇章中啜泣？又是谁在啜泣中流浪？

原载《散文诗》2000 年第 10 期

怀念杜鹃

静坐窗前，阳光温煦。

是谁不停地吟唱让今天的阳光将我温暖？又是谁婉约的声音如一条溪流涤荡在我的心房？

——杜鹃，从一片阴影飞向阳光，记忆如一缕风的影子在阳光下晾晒，而是谁在这个时候将一遍又一遍地想念？

——杜鹃。从黄昏走向黎明，渴望如一条悠长的皮鞭，轻轻地抽打着岁月深处凝望的身影。

——杜鹃。那是谁的双眸长成一株株秋草，把秋水望穿？那又是谁的呼唤化成一缕缕桑烟，把你守望？

静坐窗前，面朝远山。

记忆越来越清晰，像一场初醒的梦，梦中是一片月光一样清纯的微笑和阳光一样灿烂的歌声。

静坐窗前，聆听生命中飞翔而过的翅膀，我多么渴望这是一场永远不醒的梦——

梦中碧草青青，阳光灿烂！

原载《散文诗》下半月刊 2008 年第 7-8 期

今夜无眠

今夜无眠。褊狭的街头黑暗遮住双眼，季节的浪尖上，生命的文字没有涟漪，风沙阻塞了歌喉，无法为你歌唱，也无法听到你的歌声。

思绪寥若星辰；灵魂颤若琴弦。

今夜无眠，无眠今夜。

在脚印栉比的琴键上，我想起了贝多芬。

闪电是蛇，穿梭如箭，穿透死亡。

惊雷是鼓，爆裂如核，轰响宇宙。

将哭泣退避，迎接暴风雨的洗礼——

今夜无眠，无眠今夜。

原载《散文诗》2000 年第 10 期

怀念尕让

玛曲的草原空旷，寂静。

玛曲。让我不断想起不期而遇的友人尕让。

他把自己放置在青稞酒中，放置在酒后粗犷而豪大的歌声里。酒让尕让的身躯升温，让玛曲提前抵达的寒意提前逃遁，让我感受到玛曲给一个游子带来的温存。

玛曲，是一枚叶子，它的上面年图乎寺静静地矗立。

黄昏下的年图乎寺前，尕让专注而深情地写诗，和我一样，用诗歌泅渡寂然的一生。

怀念是春天的枝丫，愈发愈浓密，将你笼罩在诗意的草原，将我晾晒在秋天的对面。

肆意的风掠过玛曲，掠过秋天，掠过人迹散去后空旷的草原和你的孤单。

尕让，你在为谁吟唱?

——玛曲的草原空旷而寂静。

原载《散文诗》下半月刊2008年第7-8期

深入夜色

今夜被我铺开的白纸，像天空浓密的雪花铺满大地，铺满故乡甘南空旷的草原。那些被覆盖的枯草是谁血管里奔突的声音？带着眷恋，带着一粒粒悸动的表达和倾诉。

深入夜色。羚羊街白色的脚印，像一首首被遗忘的古诗词平平仄仄；道路两旁忽明忽暗的灯光无精打采，像被遗弃的老人的叹息和喃喃自语。

你是我前世许下的诺言，携着秘密皈依于一场梦的真实存在和夜的潮湿。那个在黄昏莅临时的风雪中远行的牧人，他看见一场大雪是另一个生命里深刻的传唱。

街道寂静的隐秘，寂静得如此令人倾心，寂静得只听见雪花的掌声和心跳的声音。身体的裂缝蓄满活着的蔓草，而你是冬季的绝望中觅食的孤单的羔羊。

让我们在此刻与雪共舞，让我们把爱延续为草原至高无上的永恒。让风声持续，让马头琴颤抖的琴弦，震落大地洁白的衣衫上斑驳的灰尘……

编织一场在雪夜悠远的梦幻，让时间的体温闪现在你的眼睛。

迎着夜色行走，让雪一再柔美而忧伤，让隐秘的手指悄无声息地栖息于体内。

那些留在阡陌的依稀的跫音，是谁游曳的怀念和渴望？甘南啊，你是我生命奔涌的河流，承载着一个行吟者全部的风霜、言辞和想象……

但我听不到你奔跑的波澜，听不到高昂。远方的天空渐次迷茫，如我的苍白的思想透过大地死寂的沉闷，留下一尊虚空的躯体，发出雪一样惨白的光芒和夜一样的空洞。

但我看见那些浮动的希冀和默默滑落的泪珠，尽管晶莹而温婉，尽管湿润而酸涩。而我仍像被雪覆盖下的一粒粒种子充满幻想，充满渴慕，充满幸福……

原载《散文诗》下半月刊 2011 年第 5 期

中秋·月亮·母亲

中秋来了，月亮来了。

我和牧羊人，还有一群贫穷的孩子，在西部高原上空看见：月亮来了。

月亮来了。从海的发尖上燃起，从风过的手指间亮起，如一片叶子的到来。

一片叶子的到来。此时此刻，我想起了你——

想起了笑声中的母亲，想起了泪水中的泥土。

和众多的牧羊人一样，我分明看见月亮来了。

而您：母亲却没有来。

我在夜里赶着巨大的羊群，守望母亲，守望泥土。

守望泥土。中秋临风而至，月亮临秋而至。

太阳般虔诚的骨骸，在膜拜梦中的天堂时，亦膜拜梦中的母亲。

梦中的母亲，中秋来了，月亮来了，您却没有来。

西部高原上空的孤独中——

我泪眼如月。

原载《散文诗》2009 年第 3 期

冬 夜

夜色低垂，浓密的寒风拥挤在院子、街道和天空。

没有一块空地，每一个人都缩在屋子，像脑袋缩在厚厚的棉衣里出没于逃避之中，怀旧、忏悔、哀伤。

世界暴露着荒凉的色彩，风凸显着原始的凌厉。

那么多树枝像一双双粗糙的手弯曲在半空中，想抓住或挽留什么，比如青春、时间和记忆。

但除了像哭泣的风声，两手空空。

隐忍的雪粒敲打着一生一世的灰烬，叹息如硕大的冬天，万木萧瑟。

缓慢落下的泪水像一场庞大的迁移，洒下一路辛酸、悲伤和方兴未艾的往事。

那些没有道出的疼痛，是藏在心底的暗礁，被岁月的风打磨成支离破碎的臼齿。

碎小却坚硬而苍白，像阴暗处多年未融的积雪，隐藏着一场生命的雪崩和一头沉睡的狮子。

破碎的爱在茫茫冬夜无家可归。

一遍遍饱尝着尘世的孤独、漂泊与苍凉，以及荆棘载途，远方依然那么遥远。

为虚无而生的人啊，是否将为虚无而亡?

被谁拯救? 雪或许是这个时代唯一的抒情诗人。

逼真得只剩下白，纯净之中令人眩晕、迷茫而苍白。

像热烈的舞台，在经历了鲜花和掌声之后，万籁俱寂，独守着命运的荣辱衰亡。

原载《天津诗人》2015 年第 4 期

好好活着

又一个亲人，突然走了。

像极了这个秋天被风吹落的叶子，遍地心碎。

而我必须紧紧地拽着生活的枝头，必须顶着来自不同方向的冷风和寒霜。

尽管有些爱早已归尘，甚至开始生锈，但却泥土一样斑驳在故乡多灾多难的岁月里。

盐，融化在呼吸里，流成两行泪。

但我必须咽下它的咸和苦，必须好好活着，并说出：爱！

原载《包头晚报》2016年1月19日

哑巴老人

生前，他在家里、村里，既没身份，也没地位，比家里那条狗活得更没有尊严，比一粒尘埃更微不足道，但他对家依旧不离不弃，依旧卖力地干农活，像一架不会说话的机器，昼夜不停地运转。

死后，他被众人开始短暂的重视：跪拜，议论他的死因，被众人抬着、呼唤着，在祖坟里为他论资排辈……他开始拥有自己的身份和地位，但他不知道这些。他只知道每天按时放牧牛羊，捡拾牛粪和柴火；按季节施肥、播种、除草、收割、打碾……农忙时，他是最廉价的劳动力；农闲时，他是家里的眼中钉，多余的“饭桶”……

村道上的坑坑洼洼总被他填平，每次我们穿过村道去上学，只要遇见他，就会捉弄他一回，他似乎很乐意被我们捉弄。那时候，他也拿我们没办法，我们就开心地笑，他也跟着傻傻地笑……但我相信，他比我们笑得更开心。这是二十多年后才知道的，和他在村口相遇，深深的皱纹，斑白的头发，他比画着，大意是他老了，我也长大了，他总是想起我们小时候捉弄他的情景，那是他一生最快乐的时光……

他以泥土的姿态站在祖坟堆里，站在那些逝者中间，像重新有尊严地活着。众人散去后，我望着哑巴老人的坟高耸地站立在大地上——

那一刻，我觉得自己才是一粒尘埃，孤独地活着、挣扎着，没有地位、身份和尊严。

原载《中国魂》2015 年第 6 期

留在藏巴哇的时光里

那时候，天空在一遍遍的鸡鸣里发白，我们在满山的鸟鸣里醒来。

阳光洒下，山泉哗哗地流，哗哗地唱，像童年金灿灿的时光。

那时候，我们是一只只不知疲惫的羔羊，往山上跑——

抬头是山，山外面还是山；低头是川，草深处还是草。

我们翻过阴山翻阳山，直到夕阳跑下山，直到腿跑酸，才顺着炊烟的味道抹黑回到藏巴哇，一头倒在油灯下。

梦里，依稀听见阴山林里谁在唱："骆驼的脖子再长，也够不着天上的星；野兔的腿子虽短，坎坷的道路无阻挡。我心头的羊羔羔啊——"

随后，就有谁阳山地里和："上不起山峦，就下不来平川；经不了苦难，就分不清香甜，我心头的羊羔羔啊——"

时光深处，歌声如浪，汹涌在血脉里，年复一年。

原载《散文诗》青年版 2017 年第 2 期

怀念叶子

花开花落，我飞翔的双翼如凋零的花瓣，轻轻地被风送回地面。

潮起潮落，我忧伤的语言如大片的青稞，被谁的快镰一一割倒，疼痛而无助。

我牵着自己的马匹从青海湖的明镜中返回甘南，返回偌大而空旷的桑科草原，返回拉卜楞生生不息的诵经声中，返回一个人内心的疆土之上……

但我却无法返回到槐花盛开的那棵树下，无法返回到月亮升起时为你诵诗的那个晚上，无法返回到你的身边……

怀念的日子，风不停地刮着。

一场风刮过，吹乱我荒草般的头发，也吹落了一地的槐花，如我怀念时滑落的泪水。

槐花如雪飘落，轻轻地将我凝望的双眼覆盖，让我在一个人的内心深处经受一场无尽的冬眠。

月亮是谁的叹息？在怀念的日子里。

月亮是上帝梦醒时分挂在花瓣上的泪珠，滴落大地，正好击痛我内心的梦。

岁月的风是一条奔流不息的河，承载着你一去兮不复返。

风从头顶刮过，卷起的灰尘尘封住我的双眼；水从脚下伸向天边，渐渐消失在苍茫的远方。

我只有返回到一盏灯所照亮的村庄。

我的村庄依山而居。

村庄的对面是一片树林：枯枝横生。但我依稀记得那年春天：

你葱郁的微笑和婀娜的舞姿，宛如生命的甘露降临我内心的疆土，让我像珍藏一瓶甘醇将你珍藏于心灵。

是谁站在我今生的彼岸？

又是谁让我用一生的时间去抵达，去歌唱，去怀念？

你时常在梦中出现，在我的诗歌中出现。

我时常像哥伦布发现新大陆一样惊叹不已。

伸开双臂，从遥远的地方深情地奔向久违的你，恍惚中惊醒，泪洒枕边……

是谁的牧歌让我不断失眠？又是谁的出现让我不断怀念？

我看见被风卷起的叶子一一落下，被响鞭击痛的马匹不断向前跑去，只留下我和桑科草原一样空旷的心野。

我构想着在这空旷的心野之上，存活着两个人：你和我——

燃一炷桑烟，和你一起流浪；

点一盏酥油灯，和你相依为命；

喝一碗青稞酒，和你长醉不醒。

马蹄的声音此起彼伏。

我梦见你被岁月的大鸟驮回村庄，驮回我身边。我像坚守自己的村庄一样紧紧地拥你入怀，之后轻轻地唱起那首心中的歌——

“在那遥远的地方，有位好姑娘……”

羊群从身边游过，牧歌从耳畔飘过。

谁将我独自安置在硕大的孤寂中间，让我临风放歌，但歌声嘶哑，如狂风怒吼的沙漠之上一只野狐的悲鸣：苍凉、战栗。

除了歌声，在我内心的疆土之上，我一个人种植了很多花草树木，我精心呵护着她们，我时常想象这花草树木之中一定有你，你就在她们中间，我的心灵深处。

甘南的苏鲁花又一次盛开了，香巴拉艺术节又一次开幕了。有情人结伴嬉戏在苏鲁花香之中，为香巴拉赛马的骑手们欢呼雀跃……

你知道吗？我就坐在曾经和你坐过的那簇苏鲁花前，守望着你的身影从远方飘来。

你知道吗？我就站在曾经和你站过的那顶帐篷后，聆听着你曾为夺魁的骑手激动的喝彩声、欢呼声……

守望使我的双眼渐渐失去光芒；聆听使我的双耳渐渐充满风声。

幸福薄如纸张，一触即破。

当所有的人都被夕阳一一带走时，暮色将我一个人留在了香巴拉之旅，它的尽头，夜沉寂而漆黑。

这样的孤旅之夜，正好适合一只夜莺的歌唱，它的歌声中隐含着无尽的忧伤，将这个天空划得伤痕累累。

深夜醒来。

一人独坐无语，昏暗的灯光下，我用诗歌来抚慰自己的孤单，用诗歌来寄托我无尽的怀念。

远方的夜空，此时，是否依然无眠？

夜风一遍一遍地将挂在窗外的风铃不断吹响，一如你的歌声，逾越祖国的山岗和无数的河流，抵达我内心的疆土。

除了我，谁又能听到这是你归来的消息呢?

今夜无月。

今夜是一张巨大的网。它的深处飘来阵阵凉风，抵达干涸已久的河床，如一个人在暮色的边缘走动，它的面孔深邃而苍老。

今夜，众人已然入睡。我手捧一缕风的温存，将记忆一遍遍抚摸，一遍遍与自己的灵魂对话。

泪水滑落，溅不起一丝涟漪，这多像今夜的天空：清冷、无月。

风吹不尽的是我内心的灰尘。

剪刀剪不断的是我生命的河流。

永不停止的是风声。

风将我载入深秋。叶子，我已读不懂季节的轮回和沧桑。直至一片叶子，此时此刻落在我的手心，我和树一同站在我的村庄，捍卫我内心的疆土和诗歌。

盘旋的语言在风中流浪，久久找不到自己的田畴和归宿。

我握住你：一枚叶子，紧贴胸前。

梦中的叶子，你此时是否会听见诗人的语言——

“除了爱你 / 在这个平静漆黑的世界上 / 难道还有别的奇迹。”

收割后的大地寂静而荒凉。

伫立在甘南的高原，我听见燕子远去的啼鸣，如一个人内心痛苦的私语，让存活着的日子一再延长。

燕子的远去是苦难的开始。

我看见永无归期的燕影，剖开天空中的一条漫漫长路，带去草原、羊群和酒，还有那为你燃起的一炷桑烟。

孤独让我接近一种疼痛。

怀念让我在疼痛中反复将你歌唱。

歌声是一条长长的皮鞭，抽打着我的身躯，伤痕的曼延是岁月中我的守望，就这样我守望了许多年……

但皮鞭的抽打并不能阻止我对你的怀念，我在怀念的纸张上写道——你是太阳，诞生了幸福也诞生了苦难。

谁能走出一生的守望和怀念？
谁又能走出一生的苦难和迷茫？
叶子，生命中永不褪色的回忆。我以婴儿透明的双眸，把岁月望穿。
叶子，生命中永恒的月亮。我以太阳炽热的胸膛，把大地温暖。

没有最后的审判，便不存在永恒。
我穷尽一生所有，只为你写下一首诗。
在我心灵的殿堂，你是我钟爱的诗歌——
“诗，永远是生活的牧歌。”
你，永远是我以诗而歌的生命之高度。

原载《散文诗》下半月刊 2007 年第 7—8 期，
《疯狂阅读》（高中版）2009 年第 12 期转载

第四辑 缓慢行走

归来的身影是夕阳晃动的余晖，映出家园的全部意义。

归来的眼眸是湖面击起的涟漪，荡漾一生暖暖的回忆。

无论身处何方，家永远是心灵最后的田畴。

无论怎样的境遇，家永远是我们最温暖的港湾。

远行

许久没有看到绿色了，那种蓬勃的色彩。
一个漫长的冬季即将过去，像卸下了一副重担。
那么多生命的欲望争先恐后地诠释存在的真实。
——在视野之内，心灵之外。
一场梦的抵达和消失一样，是如此迅速。
而我与你的距离是那么近，与春天的距离是那么近，触手可及。
那些被搁浅的记忆像干裂的河床，在风中渐渐愈合。
或许，怀念是一次疼痛的孕育——
像草木经历寒冬之后，必将迎来葱茏和芬芳。
而我，在岁月的尘世终将选择远行，终将与你擦肩而过。
只让那些斑驳的记忆在河床荡漾出浅浅的幸福和爱来……

原载《山东文学》下半月刊2014年第8期，
入选《2014中国年度散文诗》

路 途

车站的人流在雪中笨重地挪移。

一场大雪堵塞路途，堵塞返回的渴盼。

那么陌生的身影像雪花擦肩而过，我也是这其中一片，将与你擦肩而过，随风飘远。

之后，在一个陌生的疆域存活，并写下一个人的私语和哀伤。

时空在变幻，而风雪依旧，在一个人的路途上凌空舞蹈。

梦想愈来愈远，而凛冽依旧，在一个人的深夜肆无忌惮。

远处的雪白得那么苍茫，像焦急的眼神。

人在旅途，远行与驻足都显得那么孤单无助。

而雪只是旅途中无意间被打碎的花瓶，这一地的晶莹却是那么锋利。

或许，这正是我们所需要的——

必须经历和拥有的晶莹与锋利。

原载《散文诗》上半月刊 2011 年第 12 期，

入选《2011 中国年度散文诗》

缓慢行走

落花，覆盖残缺的梦想，每一片花瓣里都蕴藏着时间的痕迹。

缄默的夜色像踟蹰的脚印里，盛满故乡的山川与河流，牧歌与桑烟，它们是一个又一个干净的音符，萦绕在心灵。

多年了，它们在我的行走里，比夜色更沉；而远方，雾一样模糊，风一样轻。

它们，是我渐行渐远的乡音和半生不熟的异乡话。它们，一左一右，扶住我趔趄的身子，像扶住一首写了许久，依旧没有站起来的诗歌。

风止时，那些音符如梦，在夜色里飘来飘去，找不到自己的琴键和落地生根的土壤。

家园迁徙后，我继续自己缓慢的行走，继续飘来飘去。

夜色愈深，我愈来愈轻，辨别不出方向。

我梦见自己花瓣一样，凋零在尘世的深渊。

原载《淮风》诗刊 2016 年第 1 期

在一片云里远走他乡

云是天空的翅膀，无论静与动都是一种飞翔。

水的灵魂长出翅膀，她们的思想与飞翔一样，变幻莫测。

但她们，是有灵魂的，是水的另一种存在方式。

天空带走了时光和生命，剩下的荒凉，是我们不曾遇见的美丽与繁华。

很多时候，我们选择离开故乡和亲人，在一片云里，远走他乡。而我们看到的尘世表象的繁华，有着我们不曾察觉的寂寥与荒凉。

大地带来了河流和山岗，丈量天空与大地，梦与故乡的距离。

然而，更多的时候，我们将内心的爱化为雨滴，在一片云里缓慢老去，像我们逝去的青春，独自吟唱——

“我既无马来又无鞍，只好坐在大路边；

我既无歌来又无曲，只好站在另一端。”

原载《中国魂》2015年第6期

天津散记

1 海河

人体流动的血液。

在喧嚣中飞翔而过，在脉管飞翔而过。

飞翔而过。这唯一征服大地寂寞的歌喉。

飞翔而过。这唯一为流浪者敞开的温暖的胸膛。

这是一条通向天堂的路吗？泪眼中——亲近海河，我目睹黄河咆哮声中父亲忙碌的姿态和流汗的头颅。

这是一盏照亮黑暗的灯吗？孤独中——亲近海河，我追忆着长城内外炎黄子孙古老的歌声和大师的足迹。

流浪在流浪者的远方，或许此刻，我该做一个永远为你歌唱的浪子。

2 天塔

天塔——

是一座丰碑，是民族的象征。

在密集的建筑群中，你脱颖而出，屹立于渤海之滨，如一位高大而魁伟的老人守望着自己的田畴和家园，还有那些归来的孩子。

天塔。任何一种生命都在岁月中摧残抑或消亡，而你的存在使我想起西北黄土高原上生生不息的白杨和在那里耕耘的父亲；使我想起把头颅挂在苍穹歌唱太阳的孩子和黑暗中燃烧的一盏灯；使我想起故乡甘南草原上一只翱翔的鹰和雪山之巅的一棵松……

血肉塑雕的王者，我从遥远的西部高原走来，是你带给我岩石深处的思考吗?

大地尽收眼底。

3 渤海

想起海，始于小时候唱郑智化的《水手》。

想起渤海，源于小时候读的地理书。

当我流浪的脚步停留在渤海边时，年少的已不是我，而是一滴久违的泪水。

人的一生是在寻找一个港湾吗?

海浪拍击着岩石如残阳用瑰丽抚慰海边上寻找心灵之帆的浪子的灵魂。

面对海，是沉思的天堂，还是梦中的呼唤?

面对海，我们究竟需要付出多少呢?

面对海，我想起海子的《面朝大海，春暖花开》——“愿你有一个灿烂的前程，愿你有情人终成眷属 / 愿你在尘世获得幸福 / 我只愿面朝大海，春暖花开”。

想起渤海，源于那段深深的回忆。

想起海，始于那首深情的歌:《大海》。

4 丹顶鹤

是谁在渴望飞翔?

一只丹顶鹤翕动美丽的翅膀起飞，却在尘封的笼子里飘落如两朵苍白的花。

笼子里没有湖泊，这与草原多么不同。

笼子里没有芦苇，这与雄鹰多么不同。

丹顶鹤，梦中飞翔的少女，和所有渴望飞翔的生命一样，在这一刻发出带血的哀吟；在这一刻我听见了大地的悲鸣。

是谁在渴望飞翔？——

天空一片辽阔，大地一片苍茫。

5 荷花

静默于水塘边，风的跫音莅临。

垂柳与苦楝树。慈竹与芦苇。还有鞭草、蛙鼓与虫鸣……

这里没有孤独，这里没有寂寞，这里香远益清。

天堂并不遥远，出水芙蓉，沐浴于明镜。

把爱留在这里，恬静的女子，含笑于眉睫。

这是来自月亮心底的情歌，这是来自遥远的采莲曲。

岁月如歌。当我战栗的目光触及你，当我漂泊的心靠近你，当我的双眼盛满泪水……纯情的女子，我遂想起周敦颐的“出淤泥而不染”的高洁。

敞开孤寂的心扉，在流浪的路上，为你歌唱！

把爱捎给母亲，在深夜的梦中，为你守候！

6 万佛岛

涉水而过。万佛岛——

一只镶在湖心的月亮。走近月亮——

这是神仙居住的地方，万种古老的传说在这块干净的月亮上生生不息；这是人间的天堂，万颗心在这块灵魂之外的圣地安详地孕育历史的光芒。

古钟鸣动，我听见悠远的声音中神灵善意的微笑。

万佛齐吟，我看见古老的吟词中母亲带泪的守望。

虔诚的膜拜，我心中慈祥的母亲。

涉水而过，留下一个浪子真诚的祈祷。

《甘肃广播电视报》2001 年 5 月 26 日，

入选《中国当代诗库（2008 卷）》

清　水

清水。清可见底的眼睛。

目光越过岷州大地，是一支异地的牧歌。

清水，一个诗意的名字，让我旅途的疲惫顿然全无。

而在清水遇到一场小雨，淅淅沥沥，犹如你的妩媚，在心灵的底片上留下不可磨灭的幻想。

而车的速度依然匆匆，像生活中的风永无止息地吹着。吹动着道路两边的白杨——

它们点头、致意、挥手。

清水，你竟是这样永恒保持着自己清纯而端庄的姿态，迎送着远方的客人。

我深情地记住了你，像记住了梦中的那片草地，以及草地上清澈的河流和牧歌。

原载《散文诗》下半月刊 2008 年第 7-8 期

西 寨

西寨，梦的以外，我目睹了你的古朴和优雅。

就这样，我与你擦肩而过；就这样，我与梦不经意相撞。五年前的这个时刻，我驻足在你的身边——

三棵古老的洋槐，一座低矮的小青瓦房屋，炊烟飘动。我叩响陈旧的木门，犹如叩开记忆中的那片热土……深情款款。

西寨，我以风为歌的小镇。

云已是昨天书页中文字的墨香，渐飘渐远，而留在心灵疆土的仅仅是如蜂的忙碌，蜇痛我再次与你相逢的旅途，以及途中一个游子无尽的怀念。

西寨，仅仅是一个意象的存在吗？我这样反复扪心自问时，你已与我在五年前——擦肩而过，又在五年后的今天——不期而遇！

梦以外的西寨，旅程中的心驿。

原载《散文诗》下半月刊 2008 年第 7-8 期

沧浪湖

渔夫走了，屈原走了。

留下孺子的沧浪之歌，回响在湖面，萦绕在耳畔，久久不绝。

风过处，一丝丝涟漪寄托着谁无边无际的遐想和梦幻？

沧浪湖，这个小太平洋，是梦想启航的地方。承载着一种目光和超越，也承载着一种力量和飞翔。

沧浪湖，水天相接的地方是一次心灵的碰撞。诠释着人类的思想和伟大，也诠释着水都丹江的文明和希望。

湖面倒映的星光是谁图腾的目光，波光粼粼，闪耀着飞跃的光芒？

站在湖畔，我的身影是渺小的，湖面跃动的帆影是渺小的……只有沧浪湖博大的胸怀，接纳着你我，还有他们，每一个充满梦想的旅行者。

我想，这样的夜晚，孔子是幸福的，渔夫和屈原是幸福的，我也是幸福的。

尽管他们都走了，但我多想留下来，倾听孺子那永恒的沧浪之歌。

原载《散文诗》下半月刊 2010 年第 11 期

净乐宫

《图经》载："净乐治麋，玄帝降生于净乐之国。"

一代帝王诞生了，一座庞大的宫殿诞生了，熠熠生辉。

历史的光芒照亮了远古，也照亮了现在，再现着华美绚丽的色彩——

净乐宫，龙飞凤舞，舞出了中华灿烂的文化和诗篇；

净乐宫，百花齐放，放出了水都丹江的美丽和传奇……

一场迷人的梦就这样出现在我的旅行中。

梦中鸟儿啁啾、流水叮咚、花朵芬芳、蝴蝶飞舞……

梦所抵达的地方是那么纯净，温暖而幸福。我想，这就是智慧与自然的和谐。

梦醒之后，净乐宫依然千姿百态，依然令人神往，令人浮想联翩。我想，这就是梦幻与现实的统一。

在净乐宫的树荫下小憩，是那么从容和淡泊，没有落寞，也没有哀愁，我愿在这里写下一个旅人的心愿、梦想和身影。

如果我的梦想在这里实现，我将与你一起把古钟敲响。

如果我的归途遥遥无期，我情愿在净乐之都与你日夜相伴。

原载《散文诗》下半月刊2010年第11期

诗情冶力关

1 十里睡佛

此刻，不要说出秘密和爱，也不要歌唱和表达。

就这样静下来，仰望你沉睡千年的面庞——

岁月的河流洗净尘世的聒噪，沧桑的容颜再现风雨的侵蚀。

那些烟雨依然飘摇着过去和未来，依然诉说着小镇远离都市的宁静。

炊烟升起。我们为生命所祈求的祥和竟是如此真切，触手可及。

这个叫做冶力关的小镇，千年的传说，犹绕耳际；千年的爱情，荡气回肠。

是那么凄美，那么心痛，令人辗转难眠。

暮色像生命的颜色渐渐莅临，而我们终将在夜色里与你相遇。

时光的跫音萦绕了千年，而你依然沉睡不醒。

花开的芳香弥漫了千年，而你依然恪守诺言。

梦也是醒，醒也是梦。

在梦与醒之间，遗恨千年，没有与你相依相爱。

如果冶木河是你心中的牧歌，我将为你饮下这爱的誓言，一路追寻。

如果白石山是你坚定的守望，我将化为一块岩石，与你一起慢慢变老。

2 香子沟

当我们抵达，雨就来了，将赴约的道路洗刷干净。

那份湿漉漉的绿，晶莹剔透，闪烁着生命的色彩和坚韧的光芒。

香子沟就在眼前，有着原始而浓郁的绿。这扑面而来的绿啊，就在眼前！

拾级而上，渴盼的灵魂如一条鱼畅游在林海深处，自由而惬意。

这是一种回归，一种再现自己的渺小与真实的回归。

那些于石块上存活的青苔，年复一年，攀缘出生命的精彩和力量。

那些于松林间穿梭的鸟雀，日复一日，歌唱着心灵深处的憧憬与暖歌。

香子沟，不是景观，而是灵魂的一片净土。

亲近香子沟是一种灵魂的洗礼，是一次真正的返璞归真。

我们再次亲近一份深沉而伟大的爱，即大自然对人类的无尽馈赠与关切。

再一次读你，使我们明白自己将为谁而恪守，为谁而坚持。

当我们离开，秋天就来了——

一些绿色渐渐凋零退逝，而一些生灵依然在破土而出。

尽管丛林深处，我们与那些小小的生灵一样渺小，甚至微乎其微。

但我们一样有着爱，有着生命的坚韧与色彩……

3 黄捻子

以诗的名义，与你相逢；以歌的方式，与你同行。

或许，黄捻子，只是一个驿站，一块心灵的田畴抑或家园。

走进黄捻子，遂想起子期和伯牙，徽之和桓伊……

那涓涓溪流多像一双双翕动的翅膀，在灌林丛生的大地画出生命的曲线。

飞翔的高度，竟是如此真实！而你我却无法抗拒，无法逾越。

但在命运的千沟万壑之前，我们的奔波竟是那么空虚。

像两滴雨，在高空经历不同的寒流之后滴落，溅起小小的幸福和欲念。

雨一直下，而你雨中的背影是那么孤单迷茫，如一道看不见的伤痕。

或许，那条幽静的栈道通向棘刺，也通向幸福和桂冠！

如果你是伯牙，我将在黄捻子为你铸一座皇宫，吟诗抚琴。

远离喧嚣，以长长的木板路为琴键，为你弹一曲《高山流水》。

如果你是徽之，我将在映翠湖为你造一叶绿舟，赏水挥毫。

远离红尘，以潺潺的溪水为笛，为你吹一曲《梅花三弄》。

4 翠映湖

秋天渐近，我们如期而至。

在烟雨里，在丛林深处，你安详而恬静。

置身烟波浩渺的映翠湖畔，如梦如幻。

缕缕微波似一曲曲悠远的牧歌，传唱着似水如烟的往事。

忽略跋涉的艰辛吧，让那一泓碧绿涤荡每个人的心灵。

忽略旅途的疲惫吧，让微风拂去灵魂的灰尘和思想的杂念。

就这样，默默地端坐祖国的一隅；就这样，进行一次彻底的遐想与思索。

远处是淡淡的云雾，笼罩着她真实的面庞和笑靥。

映翠湖是宁静的，静得博大，静得真切。

我们的静只是一种形式或现象，而心灵的静才是生命的静。

就这样，与自己对话，与水倾谈。

之后，为自己构想一个与世无争的梦——

长相厮守，不离不弃。

5 天池冶海

我一直相信，水是有翅膀的，有灵魂的。

飞翔就是水的灵魂和生命的真实绽放。

或许，冶海已经经历了太多的风雨，太多的艰辛。

或许，此刻冶海累了——

她一手扶着白石山，一手扶着柏林崖，轻轻地坐了下来。

缕缕飘荡的桑烟是你翕动的羽翼，承载着憧憬与梦想，也承载着一份怀念。

当那些西征的战马踏上胜利的归途，当常遇春卸下战甲时——

冶海，像一位慈母终于盼到了远征游子的归来而流下的一滴晶莹的泪水。

是那么圣洁，那么温暖，那么幸福，闪烁着爱的光芒。

当我们抵达时，依然感受到你温暖的怀抱和那份无法抗拒的慈爱。

当我们置身冶海湖畔，顿生一份虔诚，一份肃穆。

每走一步，都是一次灵魂的洗礼，一次生命的逾越。

此刻，你就在眼前——

无论站起，还是坐下，都将是我们用一生仰望的高度。

6 赤壁幽谷

是谁裸露着赭红的胸膛，怀抱一条历史的河流？

遥遥相望的身影于扑面而来的风中，摇摇欲坠。

淅沥的雨丝流动着一幅鬼斧神工的杰作：恍若隔世的沧桑与生命的博大。

那条蜿蜒的巨蟒穿越了幽谷，也穿越了人类苍白的思想和灵魂。

此时，人类的语言是多么脆弱，那么无力。

亲近赤壁，是一次与时光的相遇，也是一次与历史的交谈。

那道打开的圣旨，写满仁爱和和睦，期盼和希望。

那个典雅的观音瓶，为你为我，为芸芸众生洒下真善美的雨露。

风过处时，幽谷里响起一曲雄浑而苍凉的歌声，震撼着我们的心灵。

我相信这里的风已不再是风，而是一名歌者，传唱着历史和时代的变迁。

山依然在山的高处，谷依然在谷的低处。

而身处尘世的你我，还有他们——

无须仰望，只有勇于攀登才能彰显活着的意义；

无须俯瞰，只有脚踏实地才能谱写生命的真实。

原载《散文诗世界》2011 年第 10 期，
入选《洮州记忆》《香子沟》《天池冶海》《赤壁幽谷》
入选《中国散文诗人（2012 年卷）》

印痕：经过甘南

雪花浓密的甘南，人迹稀少。那些转车的旅客心事重重，表情焦虑。

我从雪花抵达的那天起，把自己释放在空中，释放在雪花弥漫下的空寂的羚羊街头。那些只露出两只眼睛的藏族人和红衣僧人，将雪花踩得透心的疼痛。

我听到了雪的喊叫，像我多年前远行时一只大雁哭泣的声音，还有那哗哗流淌的泪水，冲洗着人世沧桑的思想和老去的记忆。

阳光到中午时分才钻出云层，像人们钻出禁闭的房屋一样：到处乱窜。

一边是凛冽的寒风，一边是刺眼的阳光，中间正好是容纳我想象的花园。

那些低头的花朵在玩雪，昂首的在眺望，被车的尖叫划破的是一个旅人内心的痛，在阳光下流着血。

夜静下来的时间，我站在寂寥的广场，灯光像我知心的故人与我眨巴着眼睛。

偶尔，身边似乎有些影子掠过，是风？是雪？还是夜？……

脚印渐渐模糊，身子渐渐冰凉，像存在于内心疆域的往事被生活埋没，剩下和夜一样静的空虚……

远处有经幡在飘荡，生生不息，它的背后是凡尘虔诚的心愿。

在甘南硕大的雪地上，我踏遍想象的每一寸疆土。

那些被我一一铭记的雪花和一座座静静的寺院、挪动的羊群，反复默念着谁隐秘的痛，一如我渐行渐远的身影，它的身后是苍茫无边的飞翔。

原载《岁月》2008 年第 12 期

迭山诗篇

1 天险腊子口

“我一生中最黑暗的时刻。”[①]

当您对埃德加·斯诺说出这句话的时候，是多么艰难而疼痛。

山峰挡住了前进的脚步，也遮住了阳光的照耀。

而腊子口，这个天险之门，在阴翳和黑暗之中豁然开启。

希望的光芒铺洒下来，如灿烂的阳光——

温暖着每个革命者的心灵，也温暖着这个藏族村寨。

犹如绵绵春雨，涤荡着疲惫，滋润着迭部广袤的土地。

革命的火种就此播下，生生不息。

引领着你我，还有他们，奋勇前进，奔向胜利的高地。

腊子口，承载着我们的理想和信念，也承载着无畏、奉献与伟大。

走进天险，就是走近历史，英雄的脚步声依然萦绕在耳畔。

走进腊子口，就是走近长征的伟大精神，崇敬之情油然而生。

沿着这个“绿色长征”的征程和足迹，触摸历史，是那么真切而心血澎湃。

① 美国作家哈里森·索尔兹伯里在《长征——前所未闻的故事》一书中记述了革命最黑暗的日子——1935 年 9 月 10 日。对这个日子刻骨铭心的记忆，索尔兹伯里引用了毛泽东 1960 年对埃德加·斯诺的原话：“我一生中最黑暗的时刻。”

而腊子口就在眼前，就在我们心灵深处，如一支悠远的牧歌——
唱响幸福与温暖，也唱响和谐与美好！

2 森林之城

迭部，这个被涅甘达哇山神摁开的土地，碧波荡漾。
传说在这里闪耀着璀璨的光芒，照耀着每一个旅人的灵魂。
茫茫森林，如一望无际的大海，映出人类绿色的家园与梦想。
迭部，这座植物学博物馆犹如一块处女地——
流淌着原始的纯美与洁净，也流淌着遐想与爱恋。
当荒漠在不断蔓延，不断吞噬着美丽的田畴和家园时——
我宁愿相信传说的存在与真实！
而我们目之所及，水泥与钢筋囚禁人类日渐狭小的空间和心灵。
当雕琢的痕迹充斥着灵魂的每一寸疆土，大地日渐裸露和沧桑时——
我多么渴望涅甘达哇的再次降临！
再次摁下大拇指，摁开更多的森林之城。
到那时候，你我看到的将是遍地的葱茏和花香——
真实、幸福、温暖……触手可及。

3 迭山横雪

铁尺梁的高度是精神的高度，也是梦想的高度。
攀缘铁尺梁是人生中一次真实的跋涉和经历。
而那迂回曲折的道路就是梦想与现实的距离。
在铁尺梁放眼远眺，茫茫迭山如大海汹涌的波浪，浩瀚而壮观。
阳光下光彩熠熠的积雪，闪烁着晶莹的光芒。
苍茫的白与天相接。每一个途经迭山的旅人心怀虔诚。
是山海，是林海，还是雪海？

广阔与坚韧同在，清澈与苍茫同在。

而我们终究是渺小的，如迭山深处的一粒积雪。

面对蜿蜒巍峨的迭山和无垠的横雪，我想——

人类只有在经历了渺小之后，或许才能抵达内心的博大。

在经历了艰难的跋涉之后，或许才能真正抵达精神的高度。

4 铁尺梁

我再次写到迭山，写到铁尺梁的高大与伟岸。

歌声里有山路十八弯，弯弯环环都绕着土家人的水和山、悲和欢、苦和甜。

迭山有盘山公路二十七盘，每一盘盘出了迭部与世界的情感线，也盘出了藏族村寨世世代代的幸福与灿烂……

如果人生是一条盘山公路，而铁尺梁的道路便是迭部儿女坚忍不拔的命运线。

如果生活是一座大山，而铁尺梁的高大和我们的父亲一样，是我们心灵深处永远矗立不倒的伟岸身影。

面对铁尺梁，我们竟是如此渺小，小若尘埃。

漂泊在遥远的路上，也漂泊在父辈生生不息的田畴里。

或许，我此刻的言语显得多余，显得生涩，甚至微不足道。

但我依然在夕阳中回望，像对日渐逝去的岁月的一次回眸、悔恨与反省。

直至夜色莅临，将我渺小的身躯和旅途一同埋没在铁尺梁脚下……

5 茨日那

茨日那，这个藏族村寨就在眼前，秀丽、静谧而温暖。

牛羊舔舐的青草是多么幸福，耕耘在村寨的父辈是多么幸福。

记忆中的小木楼，因光明的足迹而真切。

跨过木架仙人桥便跨过了白龙江，跨过了艰苦的岁月和黑暗。

而被风雨侵蚀的小木楼和仙人桥已不复存在，幻化为心中永不磨灭的记忆。

那段艰难的征程和黑暗的日子早已成为历史，让我们用一生来瞻仰和怀念。

经过茨日那是一次心灵的洗礼——

远离尘世的聒噪，也远离坚硬的钢筋水泥，返璞归真。

经过茨日那，我看到，鸟鸣与花香铺开的道路，向远方延伸而去。

一头连着过去，一头通向心灵的疆域，也通向幸福和未来。

或许，茨日那只是与我们擦肩而过的一个驿站，我们只是一个过客。

或许，茨日那从此便永驻心间，伴着你我走过人生的白昼和黑夜。

6 扎尕那

迭山深处，那对门为谁而敞开？

如久违的老家为你打开的大门，等待着游子的归来；

如亲人伸开的双臂，等待着拥你入怀……

溪水清冽，荡去旅途的疲惫，也荡去内心的凡尘杂念。

山坡上碧草荡漾，和旅人的灵魂一同舞动，一同飞翔。

扎尕那，就在眼前；传说中的香巴拉，就在眼前。

恬静的小村和当多寺如盛开的格桑花——

点缀着扎尕那，也点缀着你我遥远的梦想。

在远行的路上，经历一次次的灵魂洗礼。

寻梦香巴拉，也许我们仅仅是芸芸众生里的一粒尘埃。

其实，香巴拉就在每个人的灵魂深处，如扎尕那那对石门。

无论遇到怎样的境遇，永远都会为你敞开。

原载《甘南日报》2012 年 11 月 9 日，

《天险腊子口》《迭山横雪》入选《甘肃红色故事》

在垫江放飞梦乡

1 在垫江

我一直坚信，花和水一样，是有翅膀和灵魂的。

她总能飞翔在人类的灵魂深处，再现存在的价值和意义。

无数透明的羽翼在飞翔中，翕动着斑斓的色彩、梦想和爱。

抵达垫江时，我是渺小的，也是陌生的，但垫江依然接纳着和我一样的路人——

让我们看到了国色，闻到了天香，还有什么比这更能触动心灵，比这更令人无眠和留恋?!

尽管我的驻足是短暂的，与垫江只是一次擦肩而过的美丽。

但我记住了悠山艳、千层香、醉鹿韭、鼠姑仙、梦神娇……像记住生命中最重要的日子一样，在心灵深处和继续远行的路上，铭记住了垫江和这些诗意的名字。

我是幸福的，垫江是幸福的。如果水是生命的延续，那么，垫江的牡丹则是医治心灵的良药。

让我就此，放飞梦想，与梦想一起启程，一起飞翔——

在天空绽放生命的色彩，你我，远行的路途不再孤单。

2 生命的年轮

像一只鹰在天空中盘旋，勾勒着生命的年轮。

那一圈又一圈的弧线承载着沙坪的希望和梦想，幸福和温暖……

沿东印山攀缘而上，我像一枚被水浸泡的茶叶，在水中诠释生命的真实与沉醉，在杯中完成活着的全部意义。

是谁拂去旅途的疲惫？又是谁为你涤净心灵的尘埃？

微风过处，那此起彼伏的碧波，荡漾开去，一圈，又一圈，让生命的年轮，一绿再绿。

远远望去，那么多勤劳的双手，手拉手，围成一圈，又一圈，让沙坪的心，一暖再暖。

3 幸福的色彩

沁人心脾的芬芳，如酒似歌，弥漫天空。

萦绕在沙坪的每一寸肌肤，使你我，还有他们，和沙坪人一样，心怀金灿灿的梦想。

而此刻，我多想远离尘世的聒噪、哀伤和疼痛……

站在你们中间，让疲惫的心，在暖风中与你一同起舞，一同沉醉。

多想和你一样，忘记跋涉的艰辛和生活的重，只做一株油菜花，和你一起破土而出，一起成长，相亲相爱，一起在生活的版图挥洒幸福的色彩，让幸福的泪水落地生根，不离不弃。

原载《四川文学》下旬刊 2014 年第 8 期

夜过羚城

暮色渐近，我依然在路上。

远远望去，群山隐遁于铺下来的暮色深处。

风一阵接着一阵，犹如洮河的浪涛，在月光下呼啸而过。

天渐渐阴下来，云又一次掩埋了明月和星光。

淅淅沥沥的雨，如泣如诉，淋湿着每一个游子的心和脚下的道路。

十年了，羚城似一场梦，在记忆的草原游曳着，忽隐忽现……

梦终究如人生一样，是短暂的，说醒就醒了。

夜过羚城，梦里梦外，皆为过往云烟。

选择远行的你我，还有他们，终将在岁月的风雨中渐渐老去。

而风，依旧；雨，依旧……

原载《散文诗》上半月刊 2014 年第 12 期

返 回

一路返回。记忆的河流蜿蜒着细密的浪花。

那些留在沙地上的痕迹，业已被岁月的波浪荡平。

从一次远行到一次返回，距离不长也不短，正好容下怀念的涟漪。

一双鞋子丢失，脚印已逝，故事随风飘远，消失在远方。

而河流还在，她替谁说出了辽阔的忧伤？

街道清冷，翻飞的尘埃里，老去的亲人白发苍苍。

深邃的眸子里浸满尘世的沧桑，恪守着谁的身影？

多年了，我一直沿着那条熟悉的小径寻找家的方向——

那个被早已迁移的村庄，我在灵魂深处刻下她的名字：党家磨。

多么想，远离聒噪，返回心灵的故乡，沉浸在炊烟里的温暖和爱里。

之后，让晚风拂去内心的疲惫，枕着浪花入眠。

原载《山东文学》下半月刊 2014 年第 8 期

在阿万仓等你

1 雨

雨浓密而苍茫。

阿万仓草原上，一群牦牛不急不躁。

它们，习惯了无尽的风雨和提前抵达的寒冷。

它们，和时光一样，缓慢移动在这片无际的湿地。

而阿万仓草原，依然辽阔无边。

那些细碎的花，夹杂在草丛间，忽隐忽现。

像我们一群陌生人，恍惚在尘世的雨中。

玛尼墙上的经文，雨滴一样悬挂在信仰的枝头。

风一吹，便滴滴答答落下。

一滴又一滴，滴进尘世的深渊，像一个路人的忧伤和思念。

2 色彩

云开雾散，阳光铺下来。

嘎玛梁似一个疲惫的路人，顿时精神起来。

碧绿的草叶上，闪烁着晶莹的雨滴。

一群群蚂蚁和无数的苏鲁花，喧闹出一地的温暖。

那一簇簇苏鲁花，有着生命最高贵的色彩。

她们远离尘世的聒噪，远离人类的争名逐利，在一个人的高原热烈地盛开。

她们紧紧相拥，用心中的炽热的火焰，为彼此驱散心灵的孤寂和寒冷。

3 淹没

晚风携着雨丝，淋湿低沉的脚步。

阿万仓草原，安静如梦。

雨滴落的声音，空灵而清脆。

那些凋零的花瓣，被雨淹没。

我相信，她们一定有着火一样的爱和梦想。

在阿万仓草原，我和你一样，点亮两颗灵魂在高原的旅程。

我们像两滴雨，淹没在草丛里。

此刻，草原一定隐藏了它的传说和秘密，依旧苍茫一片。

而我，就此陷入一场无期的怀念。

4 等待

天终于晴朗，阿万仓终于醒了。

阳光暖暖地洒落下来，花开的声音清晰而柔软。

无数斑斓的花儿，像心灵深处的秘密，铺开一路幸福的色彩。

阿万仓，一个灵魂的梦，有着妩媚的暖意和深情的牧歌。

在阿万仓，无论选择走向哪个方向，都是一座天堂。

我只愿，藏起多年来的悲伤和生活的重，就此栖息。

我只愿，屏住呼吸，在无须赞美的灿烂里，静静地等你。

5 沉醉

月光婆娑。玛曲草原一片静谧。
月光下的海子，明净而神秘，映出另一个尘世里的两个影子。
我们是月光里的两杯青稞酒，饮下高原的冷和暖。
草原藏在月光里，我们藏在草原深处。
像两只迷路的蚂蚁，找寻着温暖的巢。
呼吸、心跳、歌声，一起融化在梦的酒杯里。
忘掉生活的挫折，心一暖再暖。
忘掉岁月的蹉跎，我只愿就此沉醉不醒。

6 归途

高原的阳光，再次铺开一路花香。
阿万仓在身后越来越远，嘎玛梁越来越远。
远去的还有阿万仓草原上空的彩虹。
道路将我们分成两半，一半是怀念，一半是苍茫。
像两只耳朵，永远看不到彼此的无奈和忧伤。
尕海湖的明镜，再次映出蓝天，映出草原上那些兄弟姐妹的盛情。
而我就此离开，不带走一簇苏鲁花——
她们早已在我的心里金灿灿地盛开，阳光般照亮远行的道路。

原载《诗潮》2015 年第 1 期，
《雨》入选《2015 中国散文诗年选》，
《淹没》《沉醉》《归途》入选《2015 年散文诗选粹》

在途中

1 膜拜

从青藏高原，来到蓬莱仙岛，我只是一个孤独的牧马人。

从寒冷到温暖，我需要逾越祖国的千山万壑，需要渡过内心的江河湖海……

我不是徐福，但却是一个朝圣者。

像膜拜米拉日巴佛阁一样，膜拜蓬莱仙岛，膜拜大海。

尽管徐福不再，但他的传说还在；三千童男童女不再，但渔歌还在。

它们，像微风卷起的海浪，荡去一个来自高原牧人内心的尘埃和悲喜。

此刻，我无须赞美，只静静地任凭海风，吹开一地浪花。

远行的途中，我默默地写下浅陋的诗行——

碧波，胸怀一样磊落、宽广；

岱山，佛一样安静、慈祥。

2 聆听海浪的声音

海浪拍岸的声音，像时光的诉说，承载着历史的呼吸和心跳。

那些沉睡的遗址，曾经坚强地挺过海水的抽打和海风的撕裂。

岱山书院，像一颗星，静静地镶嵌在岱山蓝色的港湾，时光掩埋了它曾经守望的光芒。

你听，海浪哗哗的声音，由远而近，像谁在海岛上激昂的颂词，萦绕在东海蓬莱的上空，不绝于耳——

她一俯瞰，号子打打脚蹬蹬；

她一回眸，渔灯点点漾中游。

3 月光轻抚大海

月色皎洁。

那么多岛礁被海水洗了又洗，洗得纤尘不染，洗得妩媚动人。

似一双双迷人的眼睛，注视着我的无眠。

如果大海是深蓝浩瀚的夜空，那无数的岛礁，就是镶嵌的繁星。

它们，是一座座亘古灯塔，照亮你归来的航海线……

那一夜，我枕着涛声入眠。在梦中，化作无数的帆船驶向天空；在每一颗星星上，刻下你的名字和爱的誓言。

4 在鸡鸣驿饮下干净的浪花

马铃声稀，但是风，还在跑，还在追寻着马蹄的踪迹和邮差的背影。

角落里散淡的时光，被一只慵懒的狗伸长的舌头描绘得有声有色。

当我收起欲望，抖落灰烬上的每一粒金子时——

驿卒早已不在了，剩下一棵棵树木，替他守着，拉长的影子围拢过来。

盛满一碗清凉的水，像饮下干净的浪花，我在鸡鸣驿，饮下倒影里余生的孤独和温暖。

5 只有月光懂得

夜幕低垂。十里亭镇，被深邃的绿和静包裹着。

一个叫作金丰酒家的饭店，包裹着我的疲惫。

但夜空醒着，星光醒着，像旅馆外的一棵棵树，站直身子等待着什么。

时间突然就缓慢了下来，嘀嗒嘀嗒的声音，心跳般，回荡，像穿着拖鞋的脚步般，穿街走巷……

直到，月光带走街巷上，最后的身影，我才彻底被掏空，空荡荡地，空荡荡地留在十里亭。

那一刻，我欲言又止的孤独，或许，只有月光懂得。

6 柳街是一块镜子

柳街是一块镜子，照见尘世里我们的心灵。

在这里，没有悲伤和忧愁。

天空挂满一把把翠绿的梳子，装扮着灵魂深处的窈窕淑女。

所有的纷争和烦恼，聒噪和疲惫……一一被梳走，只留下温暖、幸福和爱。

关于柳街，需要寻找一个干净的词，让她回到诗歌，回到心灵深处。

你看，阳光洒落下来，那么多窈窕淑女，荡漾着幸福的笑靥，在时光里穿街走巷……

7 翠月湖的守望

青城山麓，弥漫着美丽的传说，犹如一缕月光，洒下迷人的清辉。

岷江河畔，溅起的浪花如星光闪烁，映现翠月姑娘梦幻般的容颜。

东方晨晓时，微风传送着鸟鸣，犹如蜀地的颂词。

我看到时光的隧道里，翠月走了，如一滴露珠，幻化为一片明净的湖水。

驻足湖畔，岷江一路追寻而去，只留下，我和白鹭一样无尽的守望……

原载《散文诗月刊》2016 年第 9 期

行　囊

启程或归来，都有着一片云朵的模样和选择。

但我需要找一些山溪一样干净的词汇，把它装进一首诗里，像把故乡小心翼翼地装在心灵深处。

花椒一树一树地红。母亲说，摘一包带着，暖胃。

青稞一片一片地黄。父亲说，带一点杂粮，养胃。

……我的身体就是一个行李包，它不容许装下太多的悲伤和别离。

远方是一面镜子，映出无眠的星光。

但我不将它们装在身体里，我的身体里已经装满幸福和爱。

原载《包头晚报》2016 年 1 月 19 日

回归家园

一叶落知天下秋。漂泊的日子如片片落叶。

持着结茧的叶脉，握住落叶的把柄，飕飕的风中血液如沙。流浪的疲惫在季节里回归家园。

回归家园，我在想什么？

聆听一种夜空遥远的声音，心的痛唤是历史的古钟，鸣响在骨髓，如闪动的火光。

家园是一堆火，燃烧着村庄的烈火。尽管去时忧伤留恋，来时清贫寂寞。

回归家园，终身用血液虔诚泥土。

回归家园，回归火焰，在泥土的根系上开花结果。

原载《散文诗》2000年第10期

归 牧

暮色莅临，归来的跫音由远而近。

宛如生命里时光的行走，再现大地上生命的一种存在形式。

或许，高大与渺小，只是一种意念，转瞬即逝。

而脚下的道路却是如此真实，一头是家园，一头是远方。

置身其间，是谁的渴盼里浸满家园的温暖？

人类存活的过程就是一次放牧——

牧场里布满荆棘、坎坷与风雨，也弥漫着幸福、希望与阳光。

在那里，我们曾一起成长，一起放牧金色的梦想，一起谱写温暖的歌谣。

而我们终究要落叶归根，终究要回归家园。当生命的暮色渐渐逼近——

归来的身影是夕阳晃动的余晖，映出家园的全部意义。

归来的眼眸是湖面击起的涟漪，荡漾一生暖暖的回忆。

无论身处何方，家永远是心灵最后的田畴。

无论怎样的境遇，家永远是我们最温暖的港湾。

原载《散文诗月刊》2015年第8期，

入选《中国年度优秀散文诗（2015卷）》

月光下的禅定寺

月光如水，抚慰着阿乃日扎大山神怀抱中的古刹禅定寺——

聒噪之外的宁静，纷争之外的安详。

洮水奔跑的声音，回荡在群峰碧翠间。

古老的诵经声绵延不绝，涤荡着芸芸众生的悲喜与苦乐，冷暖与生死。

酥油灯，星光一样，闪烁在我的血脉里，犹如洮水晶莹的浪花，闪烁在我远行的路上。

三十多年了，她们，像一个个温暖的词语，诠释着诗中的故乡和亲人。

在禅定寺，我将一个人的怀念藏在阴影里，只让月光漫过我的忧伤。

舍与得，只是瞬间的意念。

而平静，源自禅定寺一样无边的胸襟。

原载《星星·散文诗》2017年第1期

途经上卓梁

只是青藏高原普通的山梁，只是山梁上的一个三岔路口。

只是路口处几户人家的村庄，只是村庄周围盛开的油菜花和长势苍劲的青稞……

我们一次又一次地匆匆经过，像蜜蜂一样忙碌。

只有油菜花香被风牵着飘来飘去，直至经喉入肺，留在身体里——

青稞酒般真诚；火焰般滚烫；牧歌般绵柔；洮水声般悠远；草原般无边……

而我们，仅仅是与你擦肩而过的一名路人，一名过客。

无论爱与不爱，她都像青藏普通的山梁一样，照见自己的悲喜。

原载《散文诗》青年版 2017 年第 2 期

在喀尔钦遇雨

先是遇见一群一群的蚂蚁，从草丛和干牛粪堆里爬出，排着长长的队伍匆忙奔波。

我卸下疲惫，趴在草地上，用手指画出一条线，或用小树枝挡住它们的队伍。

瞬间的慌乱之后，它们，很快又找到失散的兄弟姐妹，继续排队前行，像童年的小伙伴们喊着“一二一，一二一……”

乌云渐渐遮住天空，有雨点落下，我就有些难过和气馁。

我知道，再也回不到它们身边，找不回那份远逝的快乐。

尽管它们和我一样渺小，但一定不会像我这般孤单。

它们依旧没有走散，而我，却在一场大雨到来之前，选择了逃遁和躲避。

原载《散文诗》青年版 2017 年第 2 期

阿角沟断想

蓝天孕育了雪山，雪山孕育了森林，森林孕育了阿角沟淳朴的牧民和清冽的河水……

她所承载的梦想，不是你的，我的，也不是我们的。

树木和青草根部渗出的思想，包容了山河的日夜星辰和兴荣枯衰。

它们，像一条条苏醒的生命，汇集成河，挣扎着、呼唤着，冲出一道又一道石门。

这些，是我们想说，但没有说出的话，它替我们说了出来，汩奔般滔滔不绝。

直到秋风起，碧草枯。

直到雪落人间，苍白了世界

原载《散文诗》青年版 2017 年第 2 期

第五辑

时光深处

很多时候，我们愧疚、悔恨，想到过要放弃或逃逸。

但风不放弃，仍然肆虐着我们的生活和梦想。

我们必须顶住风，像母亲顶住生活的重，

依然坚持为我们缝缝补补。

我想，一个人只有经历足够的风声，

或许才能体悟到活着的意义和爱的力量。

在暗夜里醒着

在夜空里醒着，不是无眠，它们在注视着那些伸出去的手和欲望。

有些眼睛跌落下来，被萤火虫提着，穿梭在夜色里。

它们或许在歌唱，但我听不到它们的歌声，只有树叶的响动；它们或许在寻找，但它们在寻找什么呢？只有忽远忽近的身影。

我一直相信，总有一些声音在暗夜里存在，呼唤一种觉醒的良知。总有一些眼睛醒着，在黑暗里寻找一份希望和光芒。

星光遥远，月亮遥远。落在草叶上的萤火虫，像撒落尘世的诗句。

其实，大地和天空一样，只是我们看不见那些大地上的星光，它们是醒着的灵魂和信仰。但是，我们转身离开或放弃时，我们的夜空依然醒着，而我们自己却已经闭上了眼睛。

那才是暗夜的真正到来。

原载《散文诗世界》2015 年第 8 期

草叶上挂满珍珠

雨停了。草叶上挂满雨滴，多么珍贵，珍珠一样。

它们彼此映见活着的尊贵与卑贱，但不拒绝承认，不藐视和贬低。

捡垃圾的老奶奶，背着塑料袋捡拾被雨水冲在路边的塑料瓶，那些形形色色的瓶子像依然没有收起的伞，散落在两个世界。

后来，伞都收起来了，湿漉漉的街道上只剩下匆忙的脚步，来来往往。

只有那佝偻的身影，沉重、缓慢，她的眼前是捡了许久，但依然捡不完的瓶子。

她每捡起一个瓶子，我就咽一下口水，直到我也被口水淹没。

原载《散文诗世界》2015 年第 8 期

一头牛进城

眼中充满陌生、惶恐，左右躲避，但被一条绳牵着。

那些形形色色的身影和嘈杂，像深不见底的泥潭。那些形状各异、高矮胖瘦的水泥墩，比山峰更可怕，更锋利。

一群人远远躲开，粘在臀部和尾巴上的干牛粪引来嗡嗡的苍蝇。牛粪的味道是亲切的、真诚的，甚至香甜的。但我们已经闻不见或逃避牛粪味多年了，我们只闻见利益、金钱和诱惑的味道。牛粪味越来越远，像我们一样，离自己越来越远。

一群人围过来，牵住牛鼻子看牙、拍脖子、脊背和臀部……他们在袖筒里交易，像看不见的一场屠杀。

但牛看不到这些，它只在左右寻找缝隙，迅速逃离。但被一条绳牵着，只有绝望。

原载《散文诗世界》2015 年第 8 期

蚂蚁的队伍

喀尔钦不大，它面前的草地，却一直绿着，至少现在是，像一块巨大的绿毯。

被脚印踩出的一块空白处，蚂蚁排着长长的队伍。如果不蹲下来，人类的眼睛已经很难注视到这些坚强的生命。

它们一个跟着一个，不掉队，也听不见有谁在喊“一二一，一二三四”或别的什么。我听不到蚂蚁的语言，但我相信它们一定在谈论着什么，比如即将到来的一场大雨，在雨水到来之前迅速抵达安全的巢穴。

我像一个罪恶的人，用小棍划断它们的队伍。惊慌失措之后，它们很快赶上前面的队伍，继续排起自己的长龙，钻进绿色的海洋里。

风一吹，海浪一波一波涌来，但我坚信，它们在海浪下，不会像人类一样手足无措，等待死亡。

原载《美文》2017 年第 3 期

屋檐下的鸽子

它们一定是相爱的，幸福的。每次我看到它们的时候，都是比翼齐飞，甚至看到它们的亲昵，像极了喀尔钦那对老人。黄昏，温暖的光芒泄漏一地。它们就在我每天路过的破旧屋檐下，不是燕子，燕子冬去春来；它们是鸽子，灵魂的两位使者，在高原的严寒里不离不弃。

起初，它们一看到有人或听到响动就迅速飞走；后来，只要有人靠近或有刺耳的响动，它们警觉地飞走；再后来，它们看到或听到什么，只是挪动几步，但不飞走，它们对世界的信赖像一滴透明的水。直到被几双贪婪的眼睛盯上，直到它们被一双血淋淋的手摁到欲望的胃里……

每次经过，看不到它们的时候，我就看看粘在椽子上风干的鸽粪，心里就惶恐万分。那些粪有黑色、白色和灰色的，也有黑白相间的，但它们一定是生命的颜色，一定是和平的色彩，一定是爱的光芒。只是，很多时候，人类像抹去自己的未来一样将这一切抹去，只剩下风，在空荡荡的屋檐下飕飕逃窜。

原载《美文》2017 年第 3 期

雨，滴答滴答地下

小时候，下雨的时候。屋漏，我们用脸盆、木桶、木勺、坛坛罐罐……盛漏下的雨水。一时间，叮叮当当的声音此起彼伏，像一曲美妙的音乐萦绕在屋子里，遮挡住屋外的雨声。

那时候，屋顶修了漏，漏了修，像缝缝补补的岁月。而我们像快乐的小鸟，穿行在音乐里，听不到父母的叹息，也看不到父母脸上的愁云。只要下雨，就开心地搬动盛水的器皿，该搬的也搬，不该搬的也搬。

屋子重新翻修了，不漏雨了，我们却一直盼望下雨，盼望雨滴答滴答地下，屋子里叮叮当当地响。不漏雨了，我们就拿着器皿在屋子里叮叮咚咚地敲，直到敲碎了一只碗，被父亲赶出门外，在黑夜里偷偷啜泣。母亲责怪父亲后，打着火把满村子找，带着哭腔满村子喊。一头扑进母亲怀里哇哇大哭，眼泪像雨，滴滴答答地落……

雨，滴答滴答地下，我们嗖嗖地成长。

叶落的时候，心里心外都是雨。

世界漏雨了，我们却再也找不到盛雨的器皿。

原载《美文》2017 年第 3 期

奔跑的山泉

通往老屋的小径，掩映在浓密的草丛里。晶莹的山泉从木桶里荡出来，打湿脚下的花儿。顿时，花儿的眼睛便朝着你的方向盛开。旁边流淌的泉水，漫过光滑的石头和干净的沙粒，跟着你的脚步哗哗地跑。

挑水的村妇已经进了村，回到了老屋，山泉还在奔跑，它们追赶什么呢？从我记事起，它就在跑——牛羊吃草经过泉边时，跟着牛羊跑；我去饮驴，驴叫的时候跟着驴叫；我们一群孩子玩累了、渴了，直接趴下喝时，它就咯咯地笑，我们走远了，它的笑声还在身后追赶，一不留神，它就跑到我们前面去了……

春风一吹，我们就离开村子，跑进城。剩下许多田地就荒着，村子一下子就空荡荡的，只有那个叫狗蛋的孩子，每天在村口张望。天黑下来，他提着一壶泉水，给爷爷煮饭。冬天了，一场雪接着一场雪，我们在苍茫的白里归来……

我们带来了播种机，牛羊驴都被牵走，狗蛋和山泉一样追着跑；自来水拉到了灶房，我们不去挑水了，扁担被高高挂起，但狗蛋还提着水壶去舀山泉，他看见山泉还在追着自己跑，它在追赶什么呢？后来，我们继续像风一样在跑，跑着跑着就发现我们丢弃了什么，我们在跑什么呢？

原载《美文》2017年第3期

树上挂满了鸟鸣

泥土的味道弥漫在雨后的黄昏。小村的牛羊踏着泥泞，慢条斯理地回到圈里。老母鸡领着孩子们回到鸡窝。那头公猪嘶叫了一下午，终于在换来了一桶麦麸拌杂草的晚餐后，渐渐安静下来。只剩下村子泥土小巷里一堆堆的牛粪，还在冒着热气，像屋顶上一缕缕的炊烟，弥漫着家的味道……一切像梦一样恬静。

突然，巷口传来无数的鸟鸣，数不清的麻雀从一棵树飞到另一棵树，树上挂满了鸟鸣。村子一下子被麻雀淹没，被鸟鸣淹没。我被这突如其来的麻雀和鸟鸣震颤着。但我相信，它们一定是在互相呼唤着，怕落下一个亲人；它们一定有家，可是为什么不回家呢？

是啊！它们为什么不回家呢？

天快黑了，它们在寻找什么呢？

原载《美文》2017年第3期

前面的前面是天空

门前是水渠，水渠的一头是树林，另一头是磨房，磨轮吱扭吱扭地转动。

向前是一块菜园，里面的韭菜、菠菜、芹菜……绿油油的。菜园边上围着篱笆，但被喇叭花、豆角缠绕得看不到它的存在，远看，似乎这些植物都在站着。

向前是一块沙滩和一条小河，阳光落下，沙滩和小河白花花的，像十万雪花银。小河马不停蹄地奔跑，转眼间，十万雪花银被流水哗哗地带走，只剩下石头上一圈圈的痕迹。

跨过小河，是几块油菜花地，金黄色的油菜花像梦一样迷人，生命一样尊贵。再向前，是一座山，被梯田打扮得五彩缤纷。一级一级的梯田延伸到山顶，再向上就是天空……

我一直梦见自己向前走，走了三十多年，依然在走。我不知道前面究竟是什么，也不知道前面究竟有多远，只记得奶奶三十年前背着背篼，背篼里装着我去赶牛——

你的前面是什么？奶奶。奶奶的前面是什么？是吃草的牛。牛的前面是什么？是草地。草地的前面是什么？是山。山的前面是什么？是天空。天空的前面是什么？是前面。前面的前面是什么？是天空……这样对答，一直到使我在奶奶的背篼里梦见辽阔的天空。

原载《美文》2017 年第 3 期

一树一树杏儿黄

风吹过后山坡，吹过洮河畔的党家磨。我们在风中长大，在一棵棵花蕊里摘酸涩杏子的时光里长大。那时候，我们等不到，等不到杏花落下，也等不到杏儿成熟。我们像一群馋嘴猫，总会偷偷摸摸地爬上杏树，从花蕊里剥出豌豆一样的青杏儿，直到吃出眼泪，吃到牙齿酸软……风继续在吹，我们在树下守着，全神贯注，生怕一眨眼，被风吹落的杏儿掉进草丛里，掉进泥土里。

但是，风仍在吹，吹白了父亲母亲的头发，吹黄了漫山遍野绿树，吹落了一地的花瓣，也吹远了我们漂泊的身影。母亲打电话说："房前屋后的杏儿熟了，一树一树地黄，摘了好几背篼呢，用野艾盖着，存放在洋芋窖里。不要在街上买了，浪费钱，闲了就回家来吃……"母亲的话像一树一树杏儿黄，暖暖的；泪水像熟透的杏儿，哗啦啦地落。

风继续在吹，那酸中带甜、甜中带酸的杏儿味顿时钻进心里，但怎么吃，怎么回味，都是一种苦涩，一种五味杂陈的味道。母亲已经摘不动杏儿了，一树一树黄澄澄的杏儿，像金灿灿的时光，风一吹，便悄无声息地落进深不见底的草丛里。

原载《诗歌风赏》2015 年第 1 期

在时光的麦场上

麦场上，坐满了麦垛，像归来的游子，疲惫地坐在麦场上，感受家的暖意和变化。麦垛藏着饱满的麦粒，被一群麻雀翻出，装进小小的胃里。游子藏着陈年旧事，秋风一遍又一遍地吹，吹出一丝陌生、熟悉和感念。淘气的麻雀们飞来飞去，叽叽喳喳的声音乐此不疲，惹得那条懒散的狗垂涎欲滴，伸出鲜红的舌头不断张望。

夕阳洒下最后一抹余晖，为麦垛披上一件金色的睡衣。麦场旁的老屋顶上，一缕缕炊烟融进暗下来的夜色里，像爱一样融进游子的心里，融进门前那条日夜奔流的溪水里，而我们业已在哗哗流淌的时光深处，渐渐老去。

原载《诗歌风赏》2015 年第 1 期

山梁上的牧者

鸡叫了，是该去山梁上放牧了。他背着背篼，装好干粮。打开篱笆圈门，牛羊哗啦啦地向外涌。一条条蜿蜒的小路像一声声牛的长哞，一曲曲山歌像一只只羊扯着嗓子咩咩地叫。早醒的鸟儿，也跟着唱和。直到乡村的声音唤出红红的朝阳，直到朝阳的光芒映红他黝黑的脸蛋，映红他只有牛羊懂得的心事。

他坐在山梁上，望着山下小小的村庄。那一块块的梯田像极了村里那个寡妇漂亮的衣衫，风吹过山梁的时候，他就抿着嘴笑，好像看到风撩起了寡妇的衣角。那时候，他就扯着嗓子唱："山梁上山丹红花儿开，尕妹妹你把脸转过来；我是放牛的光棍儿汉，天天儿想你个肉蛋蛋。"麦地里除草的寡妇抬起头悄声骂一句"老不正经的死鬼"后，又被淹没在麦地里。

但他听不到她是在骂还是夸，只顾一曲接着一曲唱，唱得牛羊忘记了吃草，唱得鸟儿栖枝头，唱得凉飕飕的风儿往他的心窝窝里钻……一直唱到他的头发像雪花一样白。孤独的他，时常自言自语，像是在对自己说，又像在对别人说：我是没有娘的羊，命在刀刃上……

原载《格桑花》2015 年第 4 期

天空飞过一群乌鸦

只是普通的日子，普通的午后，普通的一抬头，看到蔚蓝的天空飞过一群乌鸦。

起初，我像张衡数星星一样，一只一只地数，后来实在数不过来时就有些气馁，甚至懊恼。但乌鸦不知道这些，不知道一群孩子好奇的眼睛和心灵，它们继续向前飞。

它们飞过天空的时候，地面上有无数的人正在唾弃、辱骂，甚至驱赶。但它们看不到地面上存在的那些危险，那些危险不是深坑，也不是流水；不是高山或荒漠，也不是火焰，更不是一个个孩子举起的弹弓，而是人类对它们从一出生就伴随的歧视和偏见。

它们飞过天空的时候，沉默着，像一片云。偶尔发出一声鸣叫，

像没有眼泪的哭泣，或许，这是对人性良知的一种呼唤，一种警示。我曾经在《提醒》里写道：人们总是讨厌乌鸦，将它驱逐和迫害。其实，乌鸦有什么过错呢？它只是在白天提醒人们，别忘了夜的黑。一个人在白天看到多少乌鸦，他心中就有多少光亮。

乌鸦的黑，不是自己的错，你见过白乌鸦吗？

原载《诗歌风赏》2015年第1期

瓷的光芒

起初，像梦一样的浪花闪烁在夜的海面上，有着瓷的光芒。后来，起风了，我们看不到风，只是被呼呼的风挟着奔跑。

一定有什么遮住星光，黑在慢慢扩大。是雾云还是心灵？是利益还是感情？黑继续在扩大，像网一样困住身体，不敢迈出一步，哪怕是一小步。但这，不是你和我要找的那颗星。它不在天上，不在人间，也不在大海和丛林深处。我们没有退路时，它就出现，你说："它和佛一样慈悲，和灾难一样无情，也和人类一样无助……"

风止后，我们依然迈不出脚步，像从来没走过路，一抬腿就跌倒。磕磕绊绊，直到被满地的碎瓷片刺得遍体鳞伤，一滴一滴的血流出身体，在瓷尖上照见一张网里，我们面目全非的自己。

原载《诗歌风赏》2015 年第 1 期

沉默的樱桃

雨停了。乌云散开，洒下一缕阳光，刚好照见你归乡的身影和道路。空气里弥漫的泥土，有着生命的味道。一个人的雨前雨后，盛满起起伏伏的风声。阴坡坟地里的樱桃树一棵一棵在沉默，它们挂满思念的枝头。我看到无数的樱桃被雨淋湿的脸，只眨着眼睛，星星一样，但它们依旧沉默不语。一些落在草丛里，像我们一不小心丢失的那些美好。一些跌落在泥土里，像我的已经入土的亲人，他们在泥土里把牵挂长成一株株草、一束束花和一树树樱桃。

我摘下几颗樱桃，放在墓旁。再摘下几颗，装在口袋。阳面的樱桃是甜的，甜到忧伤；阴面的是酸的，酸到流泪。泪眼中，亲人的身影晃动着，像风中的樱桃，无论我怎么呼唤，他们依旧沉默不语。

原载《诗歌风赏》2015 年第 1 期

经过大坪梁

大坪梁托出故乡洁白的云朵，天空便替你说出饱满而忧伤的蓝。

秋风中的山坡，荣也萧萧，枯也萧萧。

大坪梁在故乡的高处，故乡在我灵魂的高处，像那只盘旋的鹰，它的寂寞在云层之上。

每次回家经过嘎玛梁时，我一抬头就看见，蓝的笑靥里绽放的一朵朵云。每绽放一朵云，我就重新活过一回；每蓝一次，我就重新爱过一回。

那时候，我始终坚信，大坪梁的坚韧和伟岸里，藏着我们看不见的柔软和冷暖。

无论生死还是别离，我们都是草丛中谋生的虫子或细碎的小花，都将经历绽放、衰败和消亡。

但我们始终不能离开故土，像我始终不能离开大坪梁一样，它像一簇簇金灿灿的苏鲁花，盛开在灵魂的高地。

原载《淮风》诗刊 2016 年第 1 期

像麦垛一样

收割后的洮州，像披着一件缀满补丁的战袍。

麦垛是他的子民，一排排整齐地站在田地里，守候着这座古老的城。他们，照见彼此的呼吸和心跳。

城外的村庄，传来一声声鸡鸣和犬吠，像戳穿谎言一样，轻而易举就打破了城的沉寂。

我相信，麦垛是真诚的，一闪而过的光芒是温暖的。

母亲愈加苍老，她的手指偶尔会被针刺破，她将流血的手指含在嘴里，让骨肉相连的痛浸满一丝丝温暖。接着，又开始不知疲惫地拿起针线，缝补我们漏洞百出的生活和伤痕累累的日子。

母亲缝出的补丁，一块接着一块，刚好抵御一场突如其来的寒霜。

而我，麦垛一样，裹紧单薄的身子，把自己丢在风中，找不到春天的出口……像一粒干瘪的种子，被荒草掩埋。

原载《美文》2017 年第 3 期

月光是无言的

夜空。深邃。

只有呼呼作响的风声，告诉你夜晚的骚动与不安。

月光清浅，像心灵翕动的翅膀。

在某段时间里，无论阴暗还是明亮，月光都被叫作一种欲言又止的忧伤。

很多时候，人类只是借月光之名，说出尘世的阴晴圆缺，而月光是无言的。

有一种爱，就在我们的周身，也在我们的心里，一直存在。

它选择坐树不言，月光一样，默默映出人世的冷暖悲喜。

杯中斟满故乡的河流，月光在水中晃动，像白花花的时光。

当我起身离开时，月光碎了一地。

原载《淮风》诗刊 2016 年第 1 期

尘封的照片

深秋的草原，苍凉扑面而来。

那片片青稞地突兀在山坡上，新生的浅绿的苗，挣扎在风中，抵住一场寒霜的重量。

一些青稞，运到远方，像我远嫁的妹妹，从此杳无音信；一些青稞，留在谷仓和麻袋里，堆放在昏暗的墙角，像一张被尘封在墙上的旧照片，寂寥而发黄；一些青稞，酿成廉价但芳香四溢的酒，替我们驱赶着寒冷而漫长的冬天……

我相信，那些青稞苗很快就会枯萎。

她们，像旧照片上的亲人，还没有来得及说出：爱！就早已归尘。

照片依旧挂在墙上，挂在心灵里。

和意料的一样，寒霜提前抵达。我们一杯接着一杯，饮下青稞酒。

我们和万物一样悲喜参半，一半是内心的暖，一半是尘世的冷。

原载《淮风》诗刊 2016 年第 1 期

大坪梁

寒霜。枯草。大风……大坪梁跌落在冬天的荒凉里。

牛羊兀自在移动，在荒草里找寻最后一抹绿。

我们跟在牛群的身后捡牛粪，冒着热气的牛粪在背篼里抱作一团，彼此取暖。

整个冬天，山川河流、房屋树木被大雪覆盖得严严实实。

那时候，我们就在大坪梁燃起桑烟，在桑烟里找寻一丝丝暖意，直到炊烟的味道开始飘到梁上，直到风再一次吹绿整个山梁。

春风一吹，漫山遍野的白渐渐失色，露出乍暖还寒里无边的荒凉。

阳光一照，温暖慢慢扩大开来，像触手可及的希望，一下子将我们从冰冷的冬天拽到了刺眼的阳光下。

那一刻，是我们闭着眼睛就能找到的幸福。

原载《中国魂》2015年第6期

风的声音

像在哭泣，呜呜地响。那声音，穿过门缝直往屋子里钻。

我们生火、做饭、煮茶、阅读，以此拒风于门窗之外。

但风依旧往里钻，往心里钻，似乎要占领这块狭小的空间。

很多这样的时候，我们在高原的冬夜，绞尽脑汁地堵风，像堵住生活的裂缝一样。而在我们的思想、身体和生活中，裂缝无处不在，像风一样。

母亲用一生的时光为我们缝了补，补了缝，而我们仍然将生活弄得千疮百孔。

很多时候，我们愧疚、悔恨，想到过要放弃或逃逸。

但风不放弃，仍然肆虐着我们的生活和梦想。

我们必须顶住风，像母亲顶住生活的重，依然坚持为我们缝缝补补。

我想，一个人只有经历足够的风声，或许才能体悟到活着的意义和爱的力量。

原载《中国魂》2015 年第 6 期

淘 洗

河水淘洗着沙砾，像母亲在箩筐里淘洗着青稞。

母亲用青稞，淘洗着我们的饥饿身体。父亲说，五谷杂粮养胃，通五脏六腑……水越淘越清澈，日子越淘越明亮。

我们青稞一样，在高原的风中挺直脊梁。

但父亲母亲的身体，被故乡年复一年、日复一日的风淘洗得弯了又弯，像一座桥。我们从桥上走过，心灵被青稞芒一样的记忆，刺得一阵阵钻心地痛。

一场雪落下，淘洗着故乡多灾多难的伤痕。而父亲母亲的头发雪一样白，在牛粪煨暖的炉火旁，淘洗着一生的回忆。

那么多回忆，河水般透明，一眼就能望见时光的身影，雪花般飘落。

原载《包头晚报》2016 年 1 月 19 日

飞 腾

驰骋而来的身影，掠过广袤的大地。
如翱翔的雄鹰，在苍穹绽放生命的高度和力量。
没有沙场与烽火，只有雄浑而高大的身姿，迎风挺进。
没有征战与硝烟，只有高昂而豪迈的精神，与你同在。
而在场的是时间和一种生命的真实姿态——
回头。俯首。昂首。飞腾……
在大地深处图腾着一个民族的和睦与强大。
由远而近的跫音源自血脉和信仰，也源自热爱和向往。
逾越大地和灵魂，演奏着一支万马奔腾曲。
而你我，终将成为一匹马。与马同行，选择勇往直前。
在短暂的尘世完成活着的意义，义无反顾。

原载《散文诗月刊》2015 第 8 期

故乡的炊烟

不是星光，星光距离我们太遥远。

不是山泉，山泉步履匆匆，去了远方。

夕阳西下。大坪梁像锅底的柴火苗一样红，舔舐着奔波的脚步。

我们的影子是一条细长的线，顺着炊烟飘来的方向延伸，直到被炊烟簇拥到温暖的土炕上，才于昏黄的油灯下缩作一碗热气腾腾的酸菜豆面饭。一块一块的豆面像一个个干净的词语，被我时常镶嵌在平平仄仄的诗行里，陪伴着一个又一个漂泊的日子。

当故乡迁徙后，我们依旧活在故乡的炊烟里。

炊烟的那头是故乡和爹娘，这头是我们异乡孤单的身影和牵念。

炊烟穿过我们的身体，慢慢扩大，像天空一样蓝，将我们孤单的身子拥入怀中。

暖暖的蓝，幸福的蓝，在心灵深处生生不息。

原载《中国魂》2015 年第 6 期

在洮河边长大

压重脚步，潮湿穿透鞋底。

泥土，这个和父亲一样朴素的词，被我决绝地摁进一块木头和铁锈里。

等盐被雨水融化，我翻地、播种，学着父亲的吆喝，唤出一地白花花的时光。

泥土，皱纹一样深邃，但有着洮河的波纹——

一圈一圈，从鸡鸣里，从山那边，从石头下，从草木根部……跑过来，一圈一圈摇晃，我甚至看到了那些日子，有些趔趄。

伸手去扶，溅起的雨水，将盐抛到我们的眼睛和日子里，有些涩，有些苦，有些咸……

但我们习惯了这些，像老黄牛般咀嚼和反刍，津津有味。

原载《星星·散文诗》2017 年第 1 期

风吹洮河

春风，像一把生锈的剑，在时光的石头上，不停地磨。

一磨，锋芒毕露，驱散了洮河两岸的冰雪；再一磨，寒气逼人，逼到那些浪花纷纷醒来，不舍昼夜地奔跑。

风，每吹一次，寒冷就后退一步。她不止步，剑，就始终保持锋利。

即使我们被吹到悬崖的边缘，甚至一落千丈；即使我们被吹到巨大的漆黑里，看不到自己的存在……

直到阳光驱散了阴影，一朵桃花映红了洮河两岸的村庄……

马蹄的声音和悠远的牧歌，才唤醒了青草、呼吸和远方。

那张拭剑的纸，才像一段揉皱的时光，被扔在路上——

转瞬，被春风捡走。

原载《星星·散文诗》2017 年第 1 期

生命的色彩

《洞天清录》载："绿如蓝，润如玉。"

藏王故里，与我一河之隔，那里流淌着一抹生命的颜色。

喇嘛洞就在不远处，与我一里之遥，那里蕴藏着肌理般丰润细嫩的瑰宝：洮砚。

她，藏于涛声里，沉睡了一千三百年。而此刻，她一苏醒，便称雄于砚林。

每一块洮砚，都倾注着智慧的光芒，万物生灵，栩栩如生。

更多的时候，我们和洮砚一样，需要精心雕琢，精心打磨，需要在一块洮砚里盛放自己，活出另一个自己。

八年过去了，家乡被洮水淹没了，但记忆依旧活在心灵深处。

喇嘛洞被洮水淹没了，但洮砚还在，绽放着生命的色彩。

那一份记忆，那一抹色彩，融为一体，如胶似漆，填满我对故乡全部的爱恋。

原载《散文诗》青年版 2017 年第 2 期

那些云朵

像一片柔软的雪，一触即破。但我们触摸不到，只有风才能与它共舞。

它在高远处，变幻着各种鬼脸，但我们无法去猜透它的心事和思想。我们在低处，仰望、挥手，但它看不见，它需要关注更多大地上的事情，然后和风一起去实现。其实，很多时候，我们看到的未必都是真实的，也未必都是虚幻的。悲哀的不是我们看错了什么，而是明明知道错了，却不容置疑，死不悔改。

我们仰望与低头之间，或许只需极短的时间，像某种意识的瞬间产生，某个事件的突然发生……然而，让它们像云一样轻，一样白，一样消失，却需要一年、一生或者更久的时光。

我们再次抬头，仰望。风吹过，云就跟着风儿一起离开。

我们再次低头，沉思。风吹过，生活的云却沉甸甸的，压得自己喘不过气来。

原载《美文》2017 年第 3 期

附 录

写在后面的话

1

我的故乡在甘南，地处青藏高原东北边缘。

这里的冬天来得特别早，秋天还没有过去，寒意便提前抵达，像一个风尘仆仆归来的游子。尽管他的离开又是那么缓慢，直到来年四五月份时，天空中还飘着片片雪花，但我依然热爱这片雪域大地，喜欢甘南草原粗犷的冬天和游动的羊群……每当冬季来临的时候，总有一种莫名的激动；每每看到漫天飞雪时，总有一种情感在灵魂深处涌动。这样的时候，总想倾诉和吟唱，言说和表达，而恰是散文诗让我找到了灵魂的突破口。于是，便随着雪花一起在大地上晶莹着、飞翔着、怀念着、渴望着，甚至挣扎和疼痛着。尽管我的村庄是贫瘠的，我的幸福是渺小的，像一片雪花一样轻微、易逝、无助，但这有什么关系呢，至少它们像希望之花永远绽放在我的心里，是那么热烈而温暖，灿烂而真切！

在这片飘满雪花的疆域，我真实地生活着，行走着，感受着冬季的凛冽和洁净，也感受着冬季的感伤和欣喜。我想，这就够了。还有什么比真实更弥足珍贵的呢！茫茫雪域之上，再现的不仅仅是一种生命的见证和诠释，更是一种生命的张力和坚韧。

2

在商品浪潮席卷之下，我觉得散文诗的创作需要理智的清醒，更应该保持独立的个人精神性，时刻以睿智的目光探寻、发现、呈现和关注民生生存状态，用语言的光芒照亮思想的困惑与迷惘，再现现实与理想的图腾，给人以心灵的感应和震撼。散文诗的创作不应是单一的言说和表达，她的意义如同人的价值，深入其中，我们必须追求一种大痛——肉体与灵魂、理想与现实、民族与宗教等多种矛盾的考验。

散文诗贵在精美，其语言贵在凝练，贵在准确而节俭的表达，即做到“言尽而意无穷”，避免无休止地铺陈和浪费。我一直认为散文诗的写作，在善于抓住事物最本质特征的同时，运用多种表现手法，突破传统语言的叙述局限，以有限的文字传达无限的内容，从而形成自己独特的表达方式。当然，这需要我们不断探索语言的张力和技巧，不断探索与众不同的言说方式。《中国近百年文学体式流变史》中有一段话说：“自由诗是对格律诗的解放，散文诗是对自由诗的解放。当然，我们不能说诗的未来就是散文诗，但散文诗确实预示着诗的未来。”

3

我曾经跟朋友开玩笑说：“在甘南，只有两个季节，一个是冬季，一个是大约在冬季。”不经历漫长的冬天，就不会理解漫长的寒冷。我已习惯了这种寒冷，习惯了在这漫长的冬季里缓慢老去，所以这本集子取名《缓慢老去的冬天》。集子中所选散文诗均为已刊发的作品，有的在选编时作了改动，有的保留本来面目，每章散文诗排列随意性也很大，分了“草原行吟”“用诗抒情”“为你而歌”“缓慢行走”“时光深处”五辑。这本集子是对我的散文诗创作足迹的一个较为清晰地呈现，既是对自己散文诗创作的一个总结，也是一个新的开始。在此，感谢中国多民族文学丛书编委会的亲切关怀和大力支持使得这本集子得以付梓，感谢赵飞老师、李亚梓编辑的辛苦付出，感谢一直以来关心我的诗人、作家和亲朋好友，也感谢自己的坚持！

4

没有最后的审判，便不存在永恒。尽管我选择的是一条艰辛的路，它通向桂冠，也通向荆棘，但我想，在这片雪域大地上，只要挺住，就意味着一切！

2017 年 3 月于甘南临潭

图书在版编目（CIP）数据

缓慢老去的冬天 / 花盛著. -- 北京：作家出版社，2017.6

（中国多民族文学丛书）

ISBN 978-7-5063-9548-9

Ⅰ. ①缓… Ⅱ. ①花… Ⅲ. ①诗集－中国－当代 Ⅳ. ①I227

中国版本图书馆CIP数据核字（2017）第161434号

缓慢老去的冬天

作　　者：花　盛
责任编辑：李亚梓
特约编辑：赵　飞
装帧设计：曹全弘
出版发行：作家出版社
社　　址：北京农展馆南里10号　　**邮　　编**：100125
电话传真：86-10-65930756（出版发行部）
86-10-65004079（总编室）
86-10-65015116（邮购部）
E-mail:zuojia@zuojia.net.cn
http://www.haozuojia.com（作家在线）
印　　刷：北京玺诚印务有限公司
成品尺寸：170×240
字　　数：166千
印　　张：11.75
版　　次：2017年11月第1版
印　　次：2017年11月第1次印刷
ISBN 978-7-5063-9548-9
定　　价：35.00元
